副刊文丛

主编 李辉 王刘纯

犄角旮旯天津卫

林希 著
陈颖 编

中原出版传媒集团
中原传媒股份有限公司
大象出版社
·郑州·

图书在版编目（CIP）数据

犄角旮旯天津卫／林希著；陈颖编.— 郑州：大象出版社，2018.4
（副刊文丛／李辉，王刘纯主编）
ISBN 978-7-5347-9537-4

Ⅰ.①犄… Ⅱ.①林… ②陈… Ⅲ.①随笔—作品集—中国—当代 Ⅳ.①I267.1

中国版本图书馆 CIP 数据核字（2017）第 268535 号

犄角旮旯天津卫

JIJIAO GALA TIANJINWEI

林 希 著 陈 颖 编

出 版 人	王刘纯
项目统筹	李光洁 成 艳
责任编辑	成 艳
责任校对	马 宁
封面设计	段 旭
内文设计	杜晓燕

出版发行	大象出版社（郑州市开元路16号 邮政编码450044）
	发行科 0371-63863551 总编室 0371-65597936
网 址	www.daxiang.cn
印 刷	北京汇林印务有限公司
经 销	各地新华书店经销
开 本	787mm×1092mm 1/32
印 张	9.5
版 次	2018年4月第1版 2018年4月第1次印刷
定 价	39.00元

若发现印、装质量问题，影响阅读，请与承印厂联系调换。
印厂地址 北京市大兴区黄村镇南六环磁各庄立交桥南200米（中轴路东侧）
邮政编码 102600 电话 010-61264834

"副刊文丛"总序

李 辉

设想编一套"副刊文丛"的念头由来已久。

中文报纸副刊历史可谓悠久,迄今已有百年。副刊为中文报纸的一大特色。自近代中国报纸诞生之后,几乎所有报纸都有不同类型、不同风格的副刊。在出版业尚不发达之际,精彩纷呈的副刊版面,几乎成为作者与读者之间最为便利的交流平台。百年间,副刊上发表过多少重要作品,培养过多少作家,若要认真统计,颇为不易。

"五四新文学"兴起，报纸副刊一时间成为重要作家与重要作品率先亮相的舞台，从鲁迅的小说《阿Q正传》、郭沫若的诗歌《女神》，到巴金的小说《家》等均是在北京、上海的报纸副刊上发表，从而产生广泛影响的。随着各类出版社雨后春笋般出现，杂志、书籍与报纸副刊渐次形成三足鼎立的局面，但是，不同区域或大小城市，都有不同类型的报纸副刊，因而形成不同层面的读者群，在与读者建立直接和广泛的联系方面，多年来报纸副刊一直占据优势。近些年，随着电视、网络等新兴媒体的崛起，报纸副刊的优势以及影响力开始减弱，长期以来副刊作为阵地培养作家的方式，也随之隐退，风光不再。

尽管如此，就报纸而言，副刊依旧具有稳定性，所刊文章更注重深度而非时效性。在新闻爆炸性滚动播出的当下，报纸的所谓新闻效应早已滞后，无法与昔日同日而语。在我看来,唯有副刊之类的版面,侧重于独家深度文章,侧重于作者不同角度的发现,才能与其他媒体相抗衡。或者说,只有副刊版面发表的不太注重新闻时效的文章,才足以让读者静下心,选择合适时间品茗细读,与之达到心领神会的交融。这或许才是一份报纸在新闻之外能够带给读者的最佳阅读体验。

1982年自复旦大学毕业,我进入报社,先是编辑《北京晚报》副刊《五色土》,后是编辑《人民日报》副刊《大地》,长达三十四年的光阴,几乎都是在编辑副刊。除了编辑副刊,我还在《中国青年报》《新民晚报》《南方周末》等的副刊上,开设了多年个人专栏。副刊与我,可谓不离不弃。编辑副刊三十余年,有幸与不少前辈文人交往,而他们中间的不少人,都曾编辑过副刊,如夏衍、沈从文、萧乾、刘北汜、吴祖光、郁风、柯灵、黄裳、袁鹰、姜德明等。在不同时期的这些前辈编辑那里，我感受着百年之间中国报纸副刊的斑斓景象与编辑情怀。

行将退休，编辑一套"副刊文丛"的想法愈加强烈。尽管面临新媒体的挑战，不少报纸副刊如今仍以其稳定性、原创性、丰富性等特点，坚守着文化品位和文化传承。一大批副刊编辑，不急不躁，沉着坚韧，以各自的才华和眼光，既编辑好不同精品专栏，又笔耕不辍，佳作迭出。鉴于此，我觉得有必要将中国各地报纸副刊的作品，以不同编辑方式予以整合，集中呈现，使纸媒副刊作品，在与新媒体的博弈中，以出版物的形式，留存历史，留存文化，便于日后人们借这套丛书领略中文报纸副刊（包括海外）曾经拥有过的丰富景象。

"副刊文丛"设想以两种类型出版，每年大约出版二十种。

第一类：精品栏目荟萃。约请各地中文报纸副刊，挑选精品专栏若干编选，涵盖文化、人物、历史、美术、收藏等领域。

第二类：个人作品精选。副刊编辑、在副刊开设个人专栏的作者，人才济济，各有专长，可从中挑选若干，编辑个人作品集。

初步计划先从20世纪80年代开始编选，然后，再往前延伸，直到"五四新文学"时期。如能坚持多年，相信能大致呈现中国报纸副刊的重要成果。

将这一想法与大象出版社社长王刘纯兄沟通，得到王兄的大力支持。如此大规模的一套"副刊文丛"，只有得到大象出版社各位同人的鼎力相助，构想才有一个落地的坚实平台。与大象出版社合作二十年，友情笃深，感谢历届社长和编辑们对我的支持，一直感觉自己仿佛早已是他们中间的一员。

在开始编选"副刊文丛"过程中，得到不少前辈与友人的支持。感谢王刘纯兄应允与我一起担任丛书主编，感谢袁鹰、姜德明两位副刊前辈同意出任"副刊文丛"的顾问，感谢姜德明先生为我编选的《副刊面面观》一书写序……

特别感谢所有来自海内外参与这套丛书的作者与朋友，没有你们的大力支持，构想不可能落地。

期待"副刊文丛"能够得到副刊编辑和读者的认可。期待更多朋友参与其中。期待"副刊文丛"能够坚持下去，真正成为一套文化积累的丛书，延续中文报纸副刊的历史脉络。

我们一起共同努力吧！

2016年7月10日，写于北京酷热中

目 录

敝帚自珍（自序）   林　希　1

第一辑　犄角旮旯天津卫

鞋底子	3
天津"鞋"说	6
男女分校	10
星罗棋布的说书场	14
栗子味儿的烤山芋	17
卖药糖	20
万能脚	22
爬竿儿	25

荷花女	29
爱惜字纸	32
铁算盘和袖里吞金	36
报菜名和结账	40
"破烂的卖"	44
吃红白事	48
大工匠	52
团头	56
遮理姑奶奶	60
黄雀叼签	64
厨艺表演	67
开汽车	70
武侠小说	74
剃头房	78
小酒馆	81

现场表演　　　　　　　　　　　　84

城隍庙　　　　　　　　　　　　87

第二辑　记忆老城厢

小贩讲究精气神　　　　　　　　93

胡同口的表演　　　　　　　　　99

宝和轩水铺　　　　　　　　　　105

南蛮子憨宝的传说　　　　　　　110

"卖糕得妻"传美谈　　　　　　115

蹦豆、萝卜　　　　　　　　　　119

一盏暖暖的灯　　　　　　　　　123

梳头油、黏刨花　　　　　　　　129

小杂铺　　　　　　　　　　　　134

老礼儿　　　　　　　　　　　　138

破解过年"妈妈例儿"	**143**
很少养狗	**148**
娃娃哥	**153**
家法、戒尺、教鞭	**158**
欺祖	**163**
闲人	**168**
吃主儿	**173**
五大家	**178**
抽签儿	**183**
天津盐商	**188**
架子工	**193**
佛心儿	**198**

第三辑　沽上说吃

子蟹	205
银鱼	209
老汤	213
老西北角锅巴菜	218
白洋淀吃鱼	221
粥	225
虾油小菜	229
四碟儿面	233
儿媳妇儿菜	237
火锅（上）	241
火锅（下）	245
素食	249
您请	253

木樨	258
名人菜	262
面包免费	266
借钱吃海货	269
麻豆腐	273
烧饼	277
编后记	陈 颖 281

敝帚自珍(自序)

林 希

每一座城市都有自己独特的文化风景。

中国,在很长一段时间里还有属于中国城市的共同风景——晚报。

人们工作一天,劳动一天,黄昏回到家里,抱抱孩子,夫妻说些知心话,饭后,还没到电视黄金时段。这时,大多数中国人,都是泡好一杯茶,提只小板凳,找处僻静地方,打开一张晚报,悠闲地看起来。至于不同人群关心晚报的什么内容，不重要，重要的是人人都在同一时间段里，享受着中国人悠闲的精神生活。

中国人喜欢说生活在阳光下，阳光下的生活以奉献为神圣使命；晚上，月光下的生活就属于中国人的温馨天地了，而在这方温馨天地中，一份晚报和一杯茶，应该就是中国文人最向往的精神桃花源了。

晚报贵在一个"副"字，尽管中国报纸自开办之日始，副刊就随之出现，但晚报副刊却有别于日报副刊。晚报副刊更富有趣味性，更富有平民特色。晚报副刊更像是每天晚上和人们拉家常的亲人，更像是一个和你说知心话的朋友。能在晚报上开设一个专栏，隔一些时间和朋友们拉拉家常，历来是中国文人的一种雅好。

晚报副刊成就了许多大文人，晚报副刊也留下了许多精美的传世文章，老朽不敢心存奢念，偶尔借得晚报一方角落，将自己闲暇之余的闲暇文字公之于世，于己也是一种享受。自是得意于文章被民众所接受，得意于写作小说时的边角料竟也进入了文化天地。

可喜可贺,天津《今晚报》被读者推为全国诸多晚报中之佼佼者,《今晚报》副刊更拥有众多一流作者。承蒙晚报几任副刊编辑朋友不弃,常要我写些零散文字,我也是不知天有多高、地有多厚,便时时将一些随意文章拿来充数。时光荏苒,几年下来,不觉竟也积下十余万文字,正赶上老友李辉策划"副刊文丛",承《今晚报》朋友热情向李辉先生推荐,而李辉先生宽厚,应允由我自成一册,如是便有了这本小书。恭祈广大读者不作苛求,权当茶余饭后消遣便是。

敝帚自珍,也是多年文字生涯一点小小积累,读者慧眼明鉴,恭候指教。

2017 年 1 月

第一辑

犄角旮旯天津卫

鞋底子

鞋底子一说,不应该具有什么地域特色,但到了天津,"鞋底子"一词,就和外地人说的鞋底子不一样了。

顾名思义,鞋底子,就是鞋底儿。现在大家穿皮鞋、胶鞋、旅游鞋,鞋底儿全都是橡胶的。橡胶底儿发明之前,没有皮鞋,更没有旅游鞋,全是布鞋。布鞋,底儿也是布质的。用没有用的旧破布,糊上糨糊,一层一层地粘在一起,天津俗称"打夹子"。"夹子"在太阳下晒干,揭下来,剪成鞋底儿样子,多少层叠在一起，用大针穿着麻绳儿一针一针地纳，大家都知道这叫纳鞋底儿。

纳好的鞋底儿做成鞋，穿在脚上，这时候鞋底儿就成"鞋底子"了。

在天津话里，鞋底子是一个长度的参照数。天津人爱吃贴饽饽熬鱼，饽饽没有固定的尺码。一般人家，一个饽饽三四寸长，一斤棒子面，可以贴四五个饽饽，但到了劳动人家，饽饽小了，吃着麻烦，主事的妈妈就要贴大饽饽。最大的饽饽，鞋底子一般大，这就叫鞋底子大饽饽，吃着过瘾。吃一个鞋底子大饽饽能干一天的重活，不像我们在农场时期吃的那种增量法饽饽，放进嘴里，一抿，化了，和没吃一样，越吃越饿，吃完之后，肚子咕噜咕噜响，腰都直不起来。

鞋底子大饽饽只有和鞋底子大鲫鱼才能配成一道风景，吃起来才够派儿。早年天津人见面问候："吃了吗？"（一点小小说明，天津人问候语，无论什么时候，无论什么地点，只有一句问候话："吃了吗？"早晨出去买早点，见面问候"吃了吗"，买早点回来，又碰见了，还是这句"吃了吗"。也不想想,刚刚过了几分钟,怎么又是这句话呢?不光是时间,无论什么地点见面,也是这句话。洗澡堂子见面"吃了吗",公共厕所里也是这句"吃了吗"。)

朋友交情不错,问得亲切:"吃的嘛?"

回答得也细致:"俩鞋底子大饽饽,两条鞋底子大鲫鱼。"

日子过得滋润。

鞋底子,还可以作为打人的凶器,当然不是致命的凶器,是玩笑级别的凶器。一般多是女人使用,而且也就是说说,没有人真脱下鞋子,拿鞋底子打对方的。

鞋底子打人,不说"打",说"掴(guāi)",一种带有撒娇的打法。

轻浮的男人打趣开放的女子,逗急了,女子假翻脸,"我拿鞋底子掴你呀"。男子很得意,觉得对方对自己有意思。

(2015年7月30日)

天津"鞋"说

拙文《鞋底子》承蒙读者指正，如此倒想再说说天津的"鞋"了。天津人说"脚下没鞋，穷半截"，说明穿鞋是个人身份非常重要的标志，如此也看出天津人对于"鞋"的重视。

天津人很讲究"足下生辉"，没有一双够得上水准的鞋，是登不上大雅之堂的。旧时，穿皮鞋，自然十分时尚。俗话说"足蹬革履"，穿西服、打领带、蹬大皮鞋，那是很体面的事情，但能穿西服、打领带、蹬大皮鞋者，多是官面儿上的人物,老百姓、商界人物是不敢随便"西服、领带、大皮鞋"的。

大皮鞋之外,天津人说是便鞋,也就是布鞋。我见过的布鞋也是多种多样,我们读书时,都穿"家做"布鞋,圆口,麻绳纳的鞋底。天津劳动妇女,日常闲暇时手里都拿着针线纳鞋底,走到哪里纳到哪里,平民居住区,大嫂大娘们围坐在大院里,人人都在纳鞋底,既不妨碍说话,还不妨碍吵架拌嘴,有时候有了什么小冲突,冲突双方当面争吵,手里还一针一针地纳鞋底,看热闹的人们也是一面劝解、一面纳鞋底。想起来,此情此景,还真是天津平民社会的一道独特风景呢。

孩子上学,跑跑跳跳,再结实的布鞋,最多也就穿一个月,好在那时候讲打"包头儿",有修鞋的师傅给你在新做好的布鞋前面纳上一块皮革,鞋后跟再纳上一块皮革,如此只要不踢球,至少也能穿上三个月了。

一般家庭,自己做鞋面,自己纳鞋底儿,但"绱鞋",就要有专业手艺了。旧时,每到晚上,走街串巷做鞋的师傅,挎着大提盒,挨家去收活,各家各户把鞋底鞋面交给师傅，过几天再送来，就是绱好的鞋了，绝对漂亮干净，那才是一门手艺呢。

家做布鞋，有的也绱皮革鞋底，皮革鞋底很薄、很轻，看着也体面，各家商号跑街的公关人士大多穿皮底圆口布鞋。冬季严寒，圆口布鞋不保暖，要改穿棉鞋。棉鞋，天津人叫"骆驼鞍"，"鞍"字，天津人说成"南"，拖个儿音，就成了"骆驼南儿"。这种棉鞋，由两片鞋面缝合而成，形状类似半面的马鞍。两片絮着棉花的鞋帮缝合在一起，绱好鞋底，就是"骆驼鞍儿"棉鞋了。"骆驼鞍儿"棉鞋怕中间开裂，要在两片鞋面缝合处打上一个线结，天津人说是"鞋鼻儿"，"鞋鼻儿"很有讲究，母亲手巧，会打出几何形状的"鞋鼻儿"。小时候冬天走亲戚，老人们都要拉过孩子端详"骆驼鞍儿"棉鞋上的"鞋鼻儿"，母亲缝的"鞋鼻儿"好看，自己也很骄傲。

"骆驼鞍儿"棉鞋，每年穿两双，第一双从入冬开始穿，要一直穿到春节，春节一定要穿新衣，新棉鞋一直穿到来年开春。

老人腿脚寒，一般的"骆驼鞍儿"不保暖了，有一种"老头儿乐"棉鞋，已经失传了。"老头儿乐"很厚、很重，也很大，鞋里可以睡下一只老猫，冬烘先生们都喜欢这种"老头儿乐"，只是"老头儿乐"只能在家里穿，出去做事，嘎吱嘎吱，实在迈不开脚步。

20世纪40年代，橡胶业兴旺，胶底布鞋很是流行，胶底布鞋确实比千层底儿结实，一双鞋足以穿一个学期，再补补鞋底，到春节再买一双，又能穿一年了。

（2015年10月14日）

男女分校

20世纪三四十年代,天津中、小学大都是男女分校的。

这也难怪,刚刚推倒帝制,连年的军阀混战,人们的思想意识还没有挣脱封建桎梏,送女孩子进学堂读书,也只有富裕人家才能做到,一般市民家庭,女孩子依然是大门不出、二门不迈,只能在家里接受传统的女德教育,其内容也就是煮饭缝衣,长大之后,"嫁鸡随鸡、嫁狗随狗"了。

母亲长我30岁，生于1905年，那一代女子多是缠足的。少时随母亲到山西探亲，山西女子成群结伙地跑来看我母亲的天足，一厢看一厢评头论足，活像是看天外来客。

山西当地封闭，连女子的天足都没有看过，至于女子上学读书，那更是不可想象的事情了。先高堂母亲大人，少时在自家学馆里读过书，山西的女子们听过更觉不可思议。

母亲那一代北方女子，是没有进学校读书的机会的，有文化且又富裕的家庭，在自己家里给女儿立学馆，请来教书先生按时来家给女孩子们讲课。所谓讲课，也没有太系统的教学计划，最后能够写得一手过得去的字，又能赋诗作画者，已经算是才女了。

我们这一辈到了上学年龄的时候，天津的公立小学也还是只收男孩。天津声望最高的中营小学，大概到了中华人民共和国成立后的50年代，才开始收女孩，也就是当时说的男女混校。

20世纪三四十年代，天津只有几处私立小学男女兼收，逢到重要节日，学生们上街游行庆祝，市民们都出来看，一面看，一面评论女孩们的穿衣打扮、仪容相貌，羞得娇气的女孩们不敢抬头。

其实后来的男女合校，对于学生们的学习绝对有好处，女孩们的安静细致，绝对值得男学生们学习，而男孩子的刻苦和勇气，对于女学生们更是激励。所以男女混校以来，再没有出现过要分校的喧嚣。

校庆常是一个学校的重大节日。旧时代逢到校庆，大庆三天，第一天全体师生大会，有报告会，有讲演，还有贤达们到场助兴。第二天，学校开放日，我所在的一所男生中学，向女学生开放，自然有的是请来的，有的是自己结伴来的。这对于秃小子们来说，太令人激动了，尤其是住校学生的宿舍，一间间打扫得干干净净，把书架摆得整整齐齐，把臭鞋子都藏到操场后面去，长得有点模样的学生，还在自己床头挂一张照片，借用一句现代话，可嘚瑟了。

那一次校庆，高年级学生演出《打面缸》，四个老爷和倒霉蛋张才及吹唢呐、敲鼓、打杂的角色，学生们都能胜任，唯有女一号腊梅只能去女校请人了。那天请来扮演腊梅的女学生，很是大方，当时学生们说是"扯"。演出时学生起哄，每到出彩的时候就有人往舞台上扔红果（山楂），扮演腊梅的女学生也非等闲之辈，每到有人起哄扔红果，她一抬手就能接住，还信手扔回来，有时候还真能砸着捣乱男学生的秃脑袋瓜子，逗得一阵哄堂大笑，校庆的气氛真是到了高潮。

（2015年12月28日）

星罗棋布的说书场

老天津卫，说书场星罗棋布，除旧租界外，一进入华界，隔一段地界，就有一处说书场。说书场，有大有小，大的说书场相当于一个小剧场，可以容下一百多人，来这里听书的多是体面人。说书场里夏天有电扇、冬天生着火炉，更高等的说书场，还设有八仙桌，有茶，有干鲜果品，只是绝对没有女服务员。

小说书场，也可以容下五六十人，要喝茶，自己另外掏钱。再如当时有名的宝和轩水铺，虽然以卖水为业，但还开着说书场，听书是不收费的。

至于书目，那就各有千秋了。最受欢迎的还是成本大套的《三国演义》《水浒传》和各种演义，南市"三不管"一带有人说《混混论》。我写过一篇小说《杨瞎话》，此人说书没有"书胆"，每天到说书场拿一张报纸，看到哪里说到哪里，报上有一篇社会奇闻，杨瞎话就顺着这条新闻说了起来，古今中外，天文地理，市井奇谈，直到乌七八糟的种种传闻，说得出神入化，真不知道他这些杂学问是从哪儿来的。

杨瞎话其人说书，我没有赶上，原以为只是民间传言，最近从北京说书界元老处得知，杨瞎话者确有其人，而且听过他说书的人还健在。可见，当年天津说书界，真说出名堂来的人还真是不少。

说到天津说书艺人，陈士和先生名声极高，我没有听过陈先生说书，20世纪50年代，天津文化局何迟副局长，组织力量将陈先生说的《聊斋志异》全部录音珍存下来，然后组织一批文联干部将这些录音资料整理成文字，更由百花出版社出版成书，前后出了十几种，当时流传很广。

只是这批书绝版了，日久天长人们也把这批书忘记了。

一次和出版社的朋友聊天，我说起这批书，一位有心的编辑四处寻访，居然找到了当年百花出版社的陈士和《评书聊斋志异》，几经周折，将这套书送来给我。我如获至宝，立即告诉北京评书界，大家说一定筹办关于陈先生说"聊斋"的研究活动，由此，也振兴振兴天津的评书艺术。

我们读书的时候，所谓洋学生是不听说书的，只是见证过评书表演的盛况。那时的宝和轩水铺，每到下午3点，评书表演场里就座无虚席。那场景我见识过，也是跟着同学一起去的，其中一位听书的爷很有看点。这位爷玩扇子，一个人占着一张八仙桌，一壶茶，据说茶具是他自己带来的。桌上放着十几把折扇，听一会儿书，拿起一把扇子，呼啦一下展开，轻轻地扇几下，也不是扇凉风，就是向人们展示他的雅兴。放下扇子，又听一会儿书，再打开另一把扇子，这把扇子更珍贵了，据说是唐伯虎的题画，吓得说书人连词儿都忘了。

（2016年1月4日）

栗子味儿的烤山芋

一次排戏，导演为东北籍，剧中人物设计，最后靠卖烤红薯为生，导演设计剧中人的吆喝声为"烤红薯呀"。我说不对，天津人无论白薯、红薯一律叫山芋，卖烤山芋的也不能直接吆喝，夸耀自己的山芋味道好，前面要吆喝说"栗子味儿的"。一般卖烤山芋的，都吆喝"栗子味儿的——烤山芋"，有的直接就吆喝"栗子味儿的"，这才有天津味道。

当年侯宝林先生说相声，山里红，糖葫芦，天津叫糖堆儿，直接吆喝"大红果呀糖堆儿"，后面加一句"没有核儿呀"，有的只一声："堆儿呀。"

天津小生意吆喝千奇百怪，颇有天津话的特点，嘎嘣脆。早晨鱼市，卖大虾的吆喝——"豆瓣儿绿呀"，表示新鲜，虾头呈碧绿颜色。民间开玩笑，说一个人骨瘦如柴，豆瓣儿绿呀，表示气色不好。

吆喝"就欠一口气呀"是卖海鱼的。黄花鱼产于黄海，渔民打捞上来，直接发到天津，四条黄花鱼装一个蒲包里，极其新鲜，卖鱼人夸耀自己的鱼新鲜，说"就欠一口气呀"，表示多一口气他的鱼就活了。

天津小贩吆喝声中最具音乐色彩的是卖"切糕"的。老城里卖切糕，"切糕——没有核儿的"。租界下午卖切糕，吆喝声就绝对是唱歌了。租界下午3点，太太小姐们午睡醒来，需要一点儿小吃食，这时卖切糕的小贩来了。租界里极其安静，有的巷子极深，卖切糕的小贩，带着一个男孩，正值变声期，木轮车停在巷子口。男孩扯着小公鸡嗓，悠长地吆喝"切糕江米藕"，变声期男孩的沙哑声，显得巷子更是安静。

听到吆喝声，各家各户的老女仆端着托盘走出来，买上一点儿小吃食，付钱时还余个一分二分的，这时老女仆就说："别找钱了，宝贝儿，再吆喝一声。"这个男孩得到了意外小费，立即又扯着长声吆喝一声，比前一声更是缠绵。这一二分钱，算是男孩的卖唱钱。

（2016年1月18日）

卖药糖

卖药糖，是天津一道晚间风景，所有的小生意都退出生活了，晚饭后家人围在一起说话，这时，卖药糖的来了。

所谓"药糖"，与药无关，就是加了食色的小糖块，比正规糖块小，赚的就是这一点点"差价"。

卖药糖的，身前挎着一个大玻璃盒，大玻璃盒分成许多小格，每一个小格里放一种颜色的糖块，一路走街串巷，一路吆喝，卖药糖的吆喝声，就是唱歌。

卖药糖的音色很好,绝对是民歌男高音。卖药糖的吆喝唱词,人各有异,最简单的只有四五句词:"买药糖呀,哪一位还吃药糖呀,仁丹还有宝丹,菠萝蜜的凉糖……"唱着,买药糖的孩子就出来了,小贩一面照应生意,一面继续吆喝,而且无论生意多火,绝对不会出错,吆喝声一时也不能中断。这是本事。

卖药糖的吆喝各有千秋,最长的,类若一段戏文;往文学上靠,类若一阕元人套曲,如今还能记住几句:"吃嘛味,有嘛味,仁丹薄荷冒凉气,吐酸水打饱嗝,头晕眼花不得劲,脾气儿爆发邪火,走路还得拄个棍儿……"唱着唱着,他的药糖就成了仙丹妙药了。

(2016年2月1日)

万能脚

大约是1947年，南市入口处一家剧场，顶天立地竖起了一幅演出海报，海报上画着一位残疾人，没有双臂，身高在1.8米左右，坐在地上，一只脚的脚趾夹着香烟，另一只脚用脚趾点着火柴，吸烟时表情极是怡然自得。下面又是一幅画，画着这位残疾人一只脚端着饭碗，另一只脚的脚趾夹着筷子，那吃饭的神色，更是心满意足，这就是当年轰动一时的"万能脚"表演。

我们几个学生，买张票，挤进去了。表演开始，出来一个穿大礼服的主持人，东拉西扯地讲了好半天，先说这位残疾人的经历，再说这位残疾人的表演多么精彩，更吹嘘这位残疾人到过多少国家，讲得大家很不耐烦了。台下一片嘘声，观众轰他下台，他就是赖着不走，足足说了半个小时的废话，完成任务，才灰溜溜地跑下去了。

主持人实在没法儿再讲了，一阵掌声，万能脚应该出来了吧。大幕布拉开，乐声大作，嗷嗷叫着出来一队美女，又踢腿，又转圈，还伴着歌唱，什么夜上海呀，夜上海呀，很是唱了一大阵，还跳了一大阵，观众又是一片嘘声，美女也是不走，反正不跳完20分钟，她们就领不到"份儿钱"。

美女们被轰下台了，观众热情的掌声震耳欲聋，万能脚应该出来了吧。没有，出来几个武把子，满台翻跟斗，天昏地暗，又是20分钟。最后一片喊声，武把子下台了，万能脚终于出来了。

万能脚，赤着上身，肩膀两侧，各有一截断臂，看着实在可怜。向观众致礼之后，还是先白话一通。先说他小时淘气，被大马车轧掉了双臂，不幸父母又相继去世，留下他一个人无依无靠，只能沿街乞讨，有好心人扔给他一块干粮，没有胳膊拾不起来，只能跪在地上，用嘴叼着吃。后来遇见好心的道人，教给他使用双脚的技能，由此一天天练习，到如今他的一双脚已经无所不能了。

说着，台下有人扔给他一支香烟，看来是他的同伙，或者就是托儿，他一抬脚，用脚趾夹住了。随之，另一只脚，取出火柴盒，拉开盒子，取出一根火柴，刺啦一声，划着了，点着香烟，一口一口地吸着，绕台一周，神色颇是得意。随后万能脚又表演了吃饭，表演了穿西装、扎领带，果然灵巧得很。

万能脚的表演，也就是这几下子，没多少工夫，似是全部本领都使尽了，想要鞠躬下台。观众自然不肯放他走，掌声再起，万能脚盛情难却，有人送上来几样东西，先表演了穿针引线；观众还不放他下台，又表演了持笔写字，但那字写得实在令人不敢恭维；最后表演吹口琴，吹得倒真不错。

（2016年2月15日）

爬竿儿

多年前朋友向我讲述了这样一桩犄角旮旯的天津往事。

这件事说的是他邻居的一个孩子,不过他没告诉我他住在什么地方。那些半大小子,不读书,不进工厂学徒,也不做小生意,整天在家里啃老,天津人管他们叫"晃荡"。幸好这孩子老实规矩,没沾染坏毛病,人缘也不错,还喜欢帮助街坊邻居。在居住区口碑也不错。

这孩子唯一的爱好是爬竿儿，老爹给他在门外立起一根长竹竿儿，至少三层楼高。这孩子吃饱肚子，没事干，就一个人爬竿儿玩。日久天长，爬竿儿技术练得很不错，三层楼高的竹竿儿，几下子就爬到顶端去了，还能做各种各样的动作，什么金鸡独立、鹞子翻身、鲤鱼打挺、燕子穿梭，动作利索敏捷，形体上也漂亮。

只是，爬竿儿不能当饭吃呀，老爹老妈很是为不成器的儿子犯愁。渐渐孩子长大了，搞不上对象，找不到工作，在家里"吃爹"，邻居们说，什么时候算"了"呀。

那一天，中国杂技团来天津演出，这孩子买了一张票，看演出开心去了。演出中有一个节目爬竿儿，三名演员，三根竹竿儿，表演了几个动作，非常精彩，博得观众热烈掌声。

表演结束，人家孩子跳到台上，三下两下爬到竿儿顶，一个人在三根竹竿儿间穿梭。杂技团的管事看傻了眼，连问这是谁呀，团里什么时候来了新演员，这回把那哥仨的饭碗都砸了。

杂技团的领导听见舞台上还有热闹，赶来看个究竟，人家孩子正在三根竹竿儿上飞呢。

"干嘛？砸场子？"

艺人走江湖，最怕横空出世有人出来砸场子。

"没事儿，玩玩。"孩子规规矩矩地回答。

"哪个单位的？"团长大概有了收下这孩子的意思。

"没单位。"

"吃嘛？"

"爹。"

当即，团长唤来一名干部，认真地嘱咐这名干部说："跟这同志到街道做做外调，没有政治问题，这人，咱们要了。"

随后团长又向这个孩子询问："若是收了你，你一个月要多少钱？"

这孩子没挣过钱，顺口就回答说："给份龙套钱就行。"

"不能，这样的大牌儿，按三级定工资，一个月

120 块。"

"哟，花不了啦。"

第二天，这户人家请来街坊邻居大摆宴席，一个邻居说："早就看出你们这位宝贝儿子有出息，好嘛，一个月 120 块，顶我们当厂长的老头子俩月挣的。"

嘿嘿，这就叫"苍天不负有心人"呀。

(2016 年 2 月 29 日)

荷花女

如今 80 岁以上的天津人，几乎没有不知道超级明星荷花女的。

荷花女（原名吉文贞）是一位曲艺艺人，唱大鼓，人喜庆，声音甜美，有人脉，每次登台演唱，剧场里都座无虚席。演唱时，观众不停地往上献花篮、送鲜花，甚至还有人往舞台上扔首饰、扔银元，喝彩声、掌声不绝于耳。

荷花女不仅唱大鼓，我还看到过荷花女说相声。那是一台三人相声，小蘑菇（原名常宝堃）和赵佩茹一个使活、一个量活，外加上荷花女更是出彩儿。小蘑菇、赵佩茹、荷花女合说的相声叫《训徒》，先是使活的小蘑菇夸奖自己的徒弟，说这个徒弟如何漂亮、如何聪明、如何博学，说到出彩处，徒弟荷花女出来了，穿一件大红袄，下面是一条正蓝挽腰肥裤，大襟上挂着一条大红手绢。

看见如此打扮的荷花女出来，赵佩茹先恭维几句，然后问道：你贵姓呀？姓吉。怎么称呼呀？吉文贞。然后又问：你贵庚啊？这话的意思是问你年岁多大了。这时荷花女露怯了，回答说：我吃了饭了。赵佩茹一愣，没想到原来是个傻丫头，又问一句：我问你贵庚了？荷花女再回答，我吃的炸酱捞面。

满场大笑，效果极佳。这段相声大获成功，电台每天都重复播放这段相声，"吃的炸酱捞面"成了彼时天津的一句俗语。

后来以小蘑菇为首，成立了一个兄弟剧团，荷花女自然是第一女主演。兄弟剧团演出的第一台话剧是

《狼》，表演一个继母杀害两个前房儿女的故事，我有幸看过这台演出，荷花女演出的继母杀人桥段实在精彩，再配上恐怖的灯光、音响，看过表演之后，吓得我一个人不敢在屋里待。最后，继母受到法律制裁，表演的是绞刑，两个人从侧面拉紧绳索，荷花女做痛苦状，先是翻白眼，渐渐口吐白沫，全身哆嗦、挣扎。台下一片骂声："活该！"观众已经入戏了。

荷花女命运凄惨。1944年，她年仅18岁就离开了人世。关于荷花女的死，社会上有许多传闻，无论怎么说吧，可惜这么有天分的艺人没有赶上好时代。

(2016年4月11日)

爱惜字纸

在白牌电车南门西车站，正对着电车门的方向，有一幢旧楼房，门外有一块牌子——城厢区文化馆阅报室。

中学读书时，每天放学回家路上，我都要走进这处阅报室去看当天的各种报纸。阅报室在楼上，面积不小，至少也在 30 平方米之上，几十个报架，每个报架上放着一份报纸，北京、上海及各省份大城市的主要报纸，在这里都可以看到。

阅报室内除报架外，还有几张小书桌，站着看报不方便的老人，可以将报纸取下来，坐在书桌前看。好在那时候人们都很自觉，所以那几张书桌一般都空着。

阅报室非常安静，我们几个学生，看完报纸，就开始坐在椅子上，伏在书桌上写作业，直到晚9点，阅报室值班老人摇铃，我们才离开阅报室。值班老人很是慈祥，看学生努力读书，还勉励几句，我们也向值班老人表示感谢。

阅报室每天都会出现一位老人，他不看报，也不做什么事情，他手里提着一个大布袋，布袋上写着四个毛笔字：爱惜字纸。

提着"爱惜字纸"的布兜子，老人在室内四处查看，转了一些时间，老人也没有发现什么值得收集的东西，最后也就默默地走了。

这位老人实在让人觉得奇怪。看老人衣着，倒也整洁体面，不像是一个乞丐。那时候天津有一种"拾毛蓝"的穷苦孩子，背着一个破筐，拿着一根不太长的小棍，小棍顶端钉着一个钉子，沿街捡拾零散废纸。他们拾上一天，送到收废纸的地方卖掉，最多也就能卖几分钱。

看这位老人，实在不像穷苦人，更不像是"拾毛蓝"的。"拾毛蓝"的人不会大摇大摆地进出阅报室，就是想进阅报室，值班的老人也会阻拦他，可是他为什么提着"爱惜字纸"的布兜子来这里转半天呢？

最后阅报室值班老人告诉我们说，这位老人实在是一位老读书人，爱惜字纸是中国读书人的美德，他们认为，每一张有字的纸，都不能随便丢弃，每一个字，对于一个人都有教育意义。最重要的是，当时的小贩，卖什么东西，譬如说卖花生米吧，每一小包都是用纸包着。常常发现小贩用来包东西的破纸，是从一本什么古籍上撕下来的，爱惜字纸就是收集这些失散于民间的珍贵旧书残页。

每天这位提醒人们爱惜字纸的老人都会出现在阅报室里，渐渐和我们也就熟悉了。每到这位老人走进阅报室的时候，我们几个学生都会微微地站一下身子，表示对老人的尊敬。老人对我们也很好，有时候俯下身来，看看我们正在写的作业。老人似乎对数理功课不甚熟悉，只是有时站在我们身边，轻声地说，字写得不错。我们对老人的称赞，自然也会表示感谢。

(2016年4月25日)

铁算盘和袖里吞金

"铁算盘"是指熟练使用算盘的技能高手。

一要快,手指如飞,令人眼花缭乱,速度不亚于现代的计算器。好像有过一个试验,一位算盘高手和计算器比赛,最后计算器败在铁算盘手下。

二要准,无论多少笔账,一口气算下来,绝对正确。

在旧时代,铁算盘不足为奇,几乎每家商铺都有一位铁算盘,而铁算盘最集中的地方是当铺。

一位同学家里开当铺,年终结账,正好我在他家玩,他领我站在账房窗户外，扒着窗户向里面看，真是见了世面。

当铺结账，账房里气氛凝重，四张大条案，分别挨着四面墙壁放好，四位老先生各自坐在自己的条案后面，这四位账房先生，个个驼背，戴着水晶老花镜，面黄肌瘦，个个都像是痨病腔子。

最壮观的是，每张条案上，一字排开摆着四把算盘，意味着今天结账要算到天文数字。

四张条案中间，坐着两个唱账的徒弟。当铺掌柜，一个比账房先生更瘦的老爷子，倚着窗户站着。准备停当，老掌柜看看四位先生，四位先生向掌柜点点头，老掌柜喊了一声：唱！算盘哗哗地响起来，四位先生的黑手开始在算盘上飞舞起来了。

唱账的徒弟，嗓音洪亮，明明就是戏剧高音，吐字清楚，进多少，出多少，支多少，借多少，每笔账只唱一次，绝不重复。也没有人说没听清，稍一走神，一笔账没有听清，好了，明年你就别来了。每年结账，对于账房先生来说，就是年终大考。

没过多少时间，头一把算盘就漫过来了。可是每笔账还从第一把算盘开始，第一把算盘不够用了，账房先生的手指就接着往下一把算盘跳，等到第四把算盘开始使用的时候，四位账房先生几乎已经半站着身子了。再看四位先生的黑手，那已经分不清手指了，就看见一道一道黑光在算盘上飞来飞去，更听见哗啦哗啦的算盘声音，几乎是震耳欲聋了。

几个小时过去，结果出来了，几位先生倚着椅子伸伸腰背，点着长烟袋，徒弟送上茶来，接过茶盅喝口热茶，等着老掌柜发令报数。老掌柜也停了一会儿，看看四位先生，说了一个"报"字，立即按照座位顺序，一位先生接着一位先生将自己算盘上的结果报了出来，百多万、上千万的数字，四位先生分文不差，果然四把铁算盘。

如果四个人都算错了怎么办呢？

别急，老掌柜点点头，证明和他算的一样，这才结账。当然，这时候酒席早摆好了，老掌柜宴请四位铁算盘喝酒吃肉。

虽然是四把铁算盘,老掌柜怎么就判定没错呢?

他有一手绝活,袖里吞金。

就在四把铁算盘拨拉拨拉打算盘的时候,老掌柜站在一边两只手半握拳头,藏在袖里,徒弟唱一笔,他藏在袖的手指动一下,一直到多少笔账目唱完,老掌柜早已算出来了,他的十根手指,就是那四位先生的十六把算盘,无论多大的数字,他绝对不会有一分一毫的差错。

这就是铁算盘和袖里吞金,如今铁算盘可能还有,那些七八十岁的会计练出来的过硬功夫可能还没有失传,但袖里吞金可能没有了,电子计算器把计算变得极其方便,谁还去学袖里吞金呀。

(2016年5月9日)

报菜名和结账

《报菜名》是相声名段,大家都听过。其实旧日饭店,每一位服务员都能说这段相声。

餐厅服务员,过去叫饭馆伙计,再有一个是带有歧视性的称呼,叫"跑堂的"。跑堂也是一门技术,过去饭店学手艺,一门是学习烹饪技术,也就是厨师,再一种就是学习跑堂。那时候,在饭店跑堂可不那么容易,要眼力好,一眼能看出顾客的社会层次,就是日常说的"看人下菜碟儿"。旧时代没有看人下菜碟儿的本事,你就休想立足社会，谁也不会要你。来了尊贵人等，你一般对待，砸了生意事小，弄不好就是一场"官司"；来了平常人等，你当尊贵人士对待，平常人也承当不起，以为你想敲竹杠。

旧日饭店，没有如今印好的菜谱，更不像现在，将每样菜拍成照片，陈列在玻璃窗里，任由顾客选择。服务员只跟在顾客身后，顾客点一样菜，服务员在小本本上写几个字，颇有秘书跟在领导身后将领导指示一件件记下来的派头。

旧日饭店，顾客到了，先让座、敬茶，摆餐具，然后站在一旁，看看顾客是哪路人等，然后恭恭敬敬地询问，您用点什么。

顾客说个范围，譬如"随便吧"，那就是随便吃点，如此伙计开始报菜名了。从肉类开始，这种肉，那种肉，一连报上几十种肉菜菜名。客人没有点菜，继续往下报鱼类、煎炒类，光爆三样就有五六种，一连报上上百种菜名，而且中间不能停顿，不能迸唾沫星儿，那真和相声演员一样，一点儿褒贬也挑不出来。

学习报菜名，最少也要几年时间，一两年的学徒，只能扫地、洗盘子，根本上不得店堂。用心学徒的孩子，都是白天扫地洗盘子，晚上蒙在被窝里嘀里嘟噜地练习报菜名。

除报菜名外，还有一门绝活，更是要练习多少年的一宗技术：结账。

那时候没有计算器，顾客吃饭也不能拿本一笔一笔地记下来。顾客酒足饭饱，一扬手，跑堂的过去，先询问：您不再用点什么了？顾客说：结账。

好了，这又看伙计的本事了。

这时候，跑堂的一面收拾盘、碟，一面唱出每一道菜的价格，再一样菜一样菜地加起来，速度要快，顾客没有时间等你，而且要准确，绝不能少算一样菜，更不能多算一分钱，那本事真是用文字无法描述的。

一口气唱出什么菜几寸，多少钱，又是什么菜，几寸，多少钱。有的大席，十几样菜，外加酒水、主食，眼神儿要好，看得准确，算得清楚，那也是饭店的一道风景了。

现在这种现象是绝对看不到了,你点一种菜,大堂那里的电脑屏幕上就显示一个菜名,同时标出价钱,你刚说埋单,小纸条就送上来了。真是与人方便,自己方便,不怕你查,分文不差。说来还是科技进步了,可是人也变呆了。

(2016 年 5 月 23 日)

"破烂的卖"

"破烂的卖"是一种吆喝声,也就是现在的收废品。我所居住的小区,每隔几天,就有一位蹬着三轮车的女人,穿行在各个楼宇之间,大声吆喝:废品。这时候家家户户就招呼她上楼来,卖给她旧报纸、饮料瓶子、易拉罐,多多少少也能卖几个钱,总比扔掉的好。

旧时代收废品,吆喝的是:"破烂的卖",挑着破筐,沿街吆喝。当然这是一宗小生意,出来一天,也挣不到多少钱,反正就是几斤棒子面钱吧。

据说，真有"破烂的卖"发财的，还确有其事。

天津有好多大户人家，有的大户人家后辈不成器，吃喝嫖赌，没多长时间家就败光了。这类人又不肯出去做事情，也没人敢用他们，真是身无一技之长，又拉不下脸儿来拉洋车，更不肯讨饭。唯一的本事，就是卖家里的东西，有什么卖什么，先卖衣服、被子，再卖家具，最后什么可卖的东西也没有了。我真看见过有人拿着几副筷子去委托行卖的，最后被委托行骂了出来："你不是拿我们找开心吗？"

这类破落户的败家子，一是懒惰，二是嘴馋，三是好面子。死要面子活受罪，说的就是这号人。

收破烂儿的非常了解这类人的心态，他们挑着收破烂儿的担子，走到这类破落人家附近，绝对不大声吆喝。因为如果吆喝的声音大，那些败家子也不会出来。败家子心里有数，估摸着收破烂儿的快来了，早早地在大门内猫着，不时探出头来，向远处张望。远远看见收破烂儿的来了，飞快招一下手，最好没有别人看见，就是招呼收破烂儿的过来。如果被人看见，就说是向远处一位朋友打招呼,而且那位朋友还是什么大银行家的大少爷。

收破烂儿的走近破落人家,也是先向四周看看。他倒不是怕被看见。他是要给破落人家留面子,倘若被人发现收破烂儿的走进了这户人家,也是有失职业道德的事。

收破烂儿的一进门,败家子立即把大门关上,然后拿出要卖的东西。败家子也有优点,他们绝不会讨价还价,收破烂儿的给多少就是多少,只要把东西卖出去就行。收到钱以后,立即打开大门,还是败家子先探头出来四处张望,看见附近没有人影,立即让收破烂儿的跑出去。收破烂儿的也鬼,担着挑子从破落人家出来,立马拐个弯儿,跑得无踪无影了。

有一户人家,败家子实在没有什么东西好卖了,搜了半天,找到一副蜡扦儿,就是点蜡烛的塔状支架。一般人家这种蜡扦儿都是铜质的器物,这个败家子不知道他们家的蜡扦儿是纯金的。收破烂儿的当然一眼就认出来了,他不惊不喜,随手把这对蜡扦儿扔到了地上:

"这破玩意儿谁要呀？"败家子急着用钱，中午饭还没地方吃去呢。

败家子也和收破烂儿的争执："我们家的东西能没人要吗？"

收破烂儿的说："你们家一件真东西也没有，你想呀，你爷爷做大官，无论别人送什么稀世珍宝，你爷爷看也不看一眼，信手就扔到后院去了，谁还给你们家送真东西呀。"

败家子一想有道理：好歹你给俩小钱把东西拿走吧。

好了，收破烂儿的扔下两个小钱，把一对纯金的蜡扦儿拿走了。从此，这位"破烂的卖"再也没有出现，据说到上海做大生意去了。

这是真事。

(2016 年 6 月 6 日)

吃红白事

有一种行当,叫"吃红白事"。

天津卫一天有多少红白事?不计其数。如此也就养活了一群闲人。

什么人吃红白事?当然不是正经人等,正经人有正当职业,最不入流的劳动——拉洋车的也是靠诚实劳动糊口谋生。天津卫有一大批社会闲散、无业游民,他们不事劳动,没有正当职业,整天在市面上游游逛逛,更有人装大尾巴狼。这类人靠什么谋生,谁养活他们,说句天津卫的大实话：老天爷饿不死没眼的家雀儿。

此类人最容易的活法——吃红白事。

首先，这类人要消息灵通，谁家办喜事，什么类型，譬如老人过生日吧，哪位老人，是男是女，多大年纪，先把基本信息搞清楚，到时候扮一个祝寿人，也是一桩生意。

如何去给一位不相识的老人祝寿？

也要下点小本钱，那时候有切面铺，专卖一种祝寿面条，一般二斤，一个小托盘，面条上插着老寿星红签儿，大约一毛钱。

准备前往祝寿的人，买上一份寿面，托着寿面来到寿星家门外。走进门来，扑通一下跪在院里，立即磕头，大声高喊，给老寿星拜寿啦，还念叨几句"福如东海，寿比南山"之类的吉祥话，就算寿星的家人认出这是个吃红白事的无赖，可是人家恭恭敬敬来给你家老人祝寿，你能把人家轰出去吗？

好了，礼尚往来，主家立即迎出来，自然不是老寿星，大多是老寿星的儿子、孙子吧，请客人室内用茶。

"不打扰了，不打扰了，我还有急事，就不进屋给老寿星磕头了。"站起身来，回头就走。

主人能放他走吗？

"不能不能，您好歹用杯茶。"

"实在不行，本来我是不能来的，实在是老寿星对我恩情太重……"

主人不敢挽留，怕误了人家正经事，只好致礼送客。送到大门外，叫车，祝寿的人说，不必了不必了，我自己叫车吧。主人自然不会无礼，送上一个红包，这点意思，算是车钱，您自己叫车吧。

如此，接了一个红包，祝寿的人告辞了。

红包里多少钱，吉祥数字，至少四元。

你算算，一毛钱的寿面，磕个头，四元钱的回报。这几天的生活不就赚出来了吗。

吃白事，程序和吃红事一样。先摸清情况，死者是男是女，什么身份。自然也要有一点小小的投资，到市面上买一份最便宜的纸锞，一张黄钱纸，几根香，几张冥币，最多几分钱。拿着这份纸锞，跑进死者家里，进门就放声大哭。

大哭之后，按白事习俗，无论什么时候有人吊唁，哭过之后，立即请到后面吃饭。办白事的灵堂后面就是一口大锅，锅里满满一大锅炖肉，因为吊唁的人不知道怎么赶来的，磕头后立即用饭，也是一种习俗。

这种饭，规格一律，每人两个大馒头，八人一桌，一个大碗放八块炖肉，每块生肉半斤。

吃白事饭的规矩是，也不入桌，只说太忙太忙，抓起两个大馒头托起一块肉，匆匆就往外跑。办白事还有一个规矩，对于前来奔丧的人，一定要用车送回。此中也有道理，亲人去世是一件非常悲伤的事，远远跑一趟，大哭一场，回家路上万一有点儿什么意外，主家负不起责任。

吃白事饭的人自然不肯让主人叫车，还是喊着，我自己找车，我自己找车。主家也不会放他走，塞一个白包，里面几元钱，您老自己叫车吧。

(2016年6月20日)

大工匠

曾经在工厂劳动二十多年,前不久看过一部电视剧叫《大工匠》,塑造了当代高级技术工人的可爱形象。但比起当年我见到的那些高级技术工人,真是没有什么了不起。

天津的高级技术工人,大多来自三条石,三条石是中国机械工业的发祥地,三条石虽然出现得很早,但设备非常老旧,全是些国外淘汰的老旧设备。我认识一位三条石工厂厂主,原来是一战时期去法国的华工,他说自己考华工的时候，只知道几个单词，外国技师拿出一把斧头，他知道英文叫"蛤蟆"，就被录用了。

考上华工，到了法国，学习枪支修理，掌握了车床、铣床、刨床的操作技术，由于努力，很快他就成了技术高手，没用多长时间，他就超过法国工人的技术水平了。工资呢？每天一块大洋，管饭，有工作服，没有什么花钱的地方，干了四年，很是存下了一些钱。一战结束，这位华工回来，拿着四年存下的钱，顺便买台人家淘汰的捣子机，回来就在三条石开了家工厂，做马灯，后来给日本人做饭盒，就是那种手提式的饭盒。生意很是红火。

日本投降，国民党接收大员把他的工厂定为敌产，没收。他骂了一句难听的话，全没了。

再后来，他进工厂耍手艺，当钣金工，就凭一双手，几张白铁皮，你要什么样的东西，他三下两下就给你打出来，他也不会画图，他也不懂得三角几何，就是三下两下，无论怎样曲曲弯弯的管道，他都能打出来。

工厂里的高级工匠，人人身怀绝技。一位老车工，操作车床，技术高超。只要图纸有要求，他不需要多少工艺装备，三下两下，他准能加工出来。这位老师傅干活利索，车床加工零件离不开润滑油，别的工人满身的机油味，人家大工匠，干一天活，身上一滴机器油渍没有。

水暖工，俗称管子匠。我在工厂时，一位水暖工告诉我，中原公司建成后安装水暖系统时，中原公司老板领着他和他师傅从一楼往上走，他师傅一面走着，一面算这层楼的水暖用料，什么规格，什么尺寸，需要多少，从一楼走到八楼，全部用料就算出来了。施工结束，买的料果然没富余多少。

施工完成，要验收，水路上没有什么问题，但这么多的暖气片，谁保证一处也不漏水呀。这里有"猫儿腻"，暖气试水前两天，师傅派他往锅炉里倒盐水，师傅还警告他，绝对不能泄露秘密，到了试水那天，果然滴水不漏。

这不是糊弄人吗？绝对不是糊弄人，试水前烧锅炉，锅炉里的盐水就把漏洞堵住了，而且只要堵住一次，永远不再漏水。大工匠都有自己的"猫儿腻"，秘密就在这里。

还有绝对不糊弄人的手艺。当年苏联展览馆建成，要将16块金砖用板锉锉成16颗尺寸一样大的五角星，装在每个分馆建筑顶上。在全国寻找高级钳工，最后找到一位师傅，他用了几十天时间，就是凭着一把板锉，锉出了16颗尺寸一模一样的五角星。苏联专家询问是用什么新式机器加工出来的。说是人工做的，苏联专家直呼不可能，不可能16颗五角星一丝不差。最后苏联专家来到天津，将这位大工匠请出来，老师傅随便做了几个零件，苏联专家使用量具测量，果然丝毫不差，最后一起跷大拇指称赞，服了。

（2016年7月4日）

团　头

旧天津有一个半秘密的地下组织——锅伙，就是乞丐团伙。

农民遇到灾年讨饭的，不属于锅伙系统，他们只向平常人家讨一口剩饭："大娘大奶奶给块饽饽吧。"

参加锅伙的是职业乞丐，他们不愿靠劳动力生活，其实就是无赖。

锅伙在河东、河西各有一片天下，相互不许越界乞讨，职业乞丐只要钱。他们不去平常人家乞讨，他们"吃"

商家。职业乞丐每天沿街乞讨，一家一次给几分钱，一天下来，足够他们二两小酒，一张大饼，半斤烧牛肉，生活水平不低。

团头手下最少有几百个职业乞丐，每人每天孝敬他几毛钱，他就过上好日子了。

旧时天津最有名的团头是陈三爷，陈三爷手下管着几十个地段，遇有越界的乞丐，他手下的丐帮就可以打断他一条腿。乞丐每天交的份儿钱，大约是乞讨所得的七成。

团头除吃份儿钱外，地界上的商家、百姓，有了什么事，都要向他交保护费。譬如一家商号开张，先买通团头，派人到团头"府"上，说明来意。送的礼金够意思，团头点头答应，保证那一天平安无事。果然到了那一天，团头在这家商号门外立一根棍，俗称打狗棍，告诉乞丐今天不得来这里乞讨。就是有乞丐从这里路过，也不过来骚扰。

团头没打点痛快，怎么样呢？

办法多着呢，你这里刚卸下门板，要点燃爆竹，就见一帮乞丐拥过来，一个顾客也进不去。闹了半天，掌柜出来谢罪，清理门面，头一批顾客才要进门，又过来一位，披着道袍，裸露着一个肩膀，胳膊上一个黑洞，黑洞间穿着一条铁链，吓得人们四处逃散。你说说，晦气不晦气。

寻常百姓家办红白事，更要买通团头。你家娶媳妇，团头没打点痛快，一群花子拥进来，堵在你家门口，让你家新媳妇下不了轿，再可恶，几个无赖在你家门外打架，挥着菜刀，扔着砖头，打得不亦乐乎，你说怎么办。

职业乞丐沿街乞讨，也有严格的操作程序。

一条马路，几百个商家，每天都去乞讨，人家也侍候不过来。一个乞丐基本上每三天才出现在同一家商号门前，这样就不至于被人讨厌。

职业乞丐各有各的路数，我看见过一种职业乞丐，没有双腿，坐在小木板车上，双手支撑着向前滑行，来到一家商号，抢起一块砖，啪啪地狠拍胸口，粗嗓子喊一声："大掌柜！"这时商家伙计出来送上一份钱，乞丐回头就走,再喊一声:"谢!"

对于职业乞丐,商家伙计要等在门口,还没等乞丐喊"大掌柜",早早地就把钱送上去。乞丐接到钱,伙计还要客气地说:"喝杯茶?"乞丐不卑不亢地回答:"忙着,不打扰了。"当即,向下一家商号走去了。

(2016年7月18日)

遮理姑奶奶

不是所有的天津姑奶奶都遮理，是有的天津姑奶奶遮理，而且是太遮理。

姑奶奶遮理有遮理的原因。

女儿出嫁之后，娘家的财产就和自己没有关系了。旧时代女儿没有继承权，娘家无论多少土地，无论多大的买卖，都归儿子所有。儿子没有了，也归孙子所有，姑奶奶没有份儿。

你说心理平衡不平衡？

再说，女儿是娘的贴心小棉袄，女儿出嫁进了婆婆家门，最不放心的就是老娘的生活。儿媳妇侍候得周到不周到，老娘的日子过得舒服不舒服，都是女儿放心不下的事。回到娘家，看见不称心的地方，懂得礼貌的，和娘家嫂嫂说说，不懂礼貌的，自然就要闹腾闹腾。

娘家兄弟，谁也不敢惹出嫁的姐妹。好歹对付过去，等你走了，人家原来怎样还是怎样。

如是，姑奶奶越来越遮理，越来越闹腾。平平安安的一户人家，就怕姑奶奶回娘家。

有的娘家老妈也不是省油的灯。一看见闺女回来了，就唠叨儿媳妇的"不是"，姑奶奶回娘家，本来就想挑点儿什么"不是"，老娘提供炮弹，姑奶奶闹得就更凶了。

姑奶奶最遮理的时刻，是给老爹、老妈办白事的时候。照中国传统，一户人家办白事，姑奶奶是"大拿"。先说戴孝，什么人什么等级，全凭姑奶奶一句话。封鞋，就是在白鞋后头缝上一根红布条，也是一种等级，表示是死者的嫡系家人。

最重要的是，姑奶奶一声"齐了"，再无论什么人赶来，也没有你的孝帽子了，将来分家，也就没有你的份儿了。

老人去世，办白事，姑奶奶大权在握，真是十足的威风，凡事都由姑奶奶做最后决定。最关键时刻是成殓，孝子、孝妇跪在棺材两侧，姑奶奶一个人站在棺材头，姑奶奶不点头，不能上棺材盖，姑奶奶说铺金盖银颜色不正，立马就得换新的，陪葬的东西，说要什么，立马买来。

避水珠，历来是姑奶奶们最遮理的题目。说是死者嘴里放一颗避水珠，可以防止尸身腐烂。珍珠是海洋动物的一种生成物，哪里有避水的功能？老祖宗传下来的说法，你就得信。

成殓时，姑奶奶说老人嘴里的那颗避水珠不是真的，儿子们就得换真的。谁家有真避水珠？说是一位出宫的格格家里有一颗避水珠，无论对方要多少钱，也要买到手。

这不是故意遮理吗？儿子、媳妇们磕头央求，姑奶奶死活不答应，这就叫"闹丧"。如何了结这件事呢？其实非常简单，买通"杠房"。

"杠房"，就是办理丧事的师傅。无论姑奶奶怎样遮理，杠房"大了"，硬木梆子一阵急敲。吉时已到，谁也不能再遮理了，误了时辰，举家有难，连你姑奶奶也逃不脱的。

于是，姑奶奶没有别的办法，也就是躺地上打滚儿吧。

（2016年8月15日）

黄雀叼签

旧社会人们迷信,遇到生活困境常要找先生算命。

有人迷信,就有人靠迷信挣钱,于是旧时代算命先生遍地都有。有人摆一个卦摊儿,一张方桌前挂一方蓝布,上面写着四个字:"心诚则灵"。

够不上摆卦摊儿资格的,就走街串巷,手里提个小铜锣,一路叮当地敲着,只等有人出来唤"算命的",立即迎上去,下面就由他一通白话了。

常言说:瞎子算命后来好。算命的签语,都是前途光明，没有说你只有死路一条的。反正他先把你说高兴了，你付他几个钱，他一走，至于前途好不好，你也找不着他了。

还有一种算命的，叫"黄雀叼签"。这种算命的，提着一只小鸟笼，鸟笼里有一只小黄雀，有人找他算命，他从怀里掏出几十张纸牌，类如现在的扑克牌。他把纸牌扣在桌上，唰的一下，把纸牌拉开，再放小黄雀出来，小黄雀也经过训练，不会飞，只两只脚在展开的纸牌上跳，跳着跳着，黄雀突然一低头，从中衔出一张纸牌，这就是问卦人想求的命相。算卦人喂它几粒米，黄雀又乖乖跳回笼里去了。

这张纸牌就是求签人得到的解答，上面一般写着四句签诗。

签诗，有讲究，几十张纸牌，背面画着神秘的图案，正面写着签诗。算命先生有几套签诗纸牌，一般就是平安签，黑话叫雷雨签。遇有求问生儿育女的，有观音签。一般人家不外是求问父母病情、生意兴衰、家人平安，没有人问世界大战的。

我小的时候看见过黄雀叼签用的纸牌，其实就是一张小画片，正面画只小鸟站在枝头张望，或者一条鱼困在干枯的河边，反正都不是吉祥的事。

黄雀叼签之后，就看算命先生的本事了。这时，算命先生先给你读纸牌上的签诗。老百姓多听不明白签诗上含混不清的四句话，只能由算命先生解读。路数是，第一句大难临头，第二句后果严重，第三句一线希望，第四句前途光明。

黄雀叼出来的签，大多是中等签，很少有上上签，但也不会有下下签。说你大富大贵，你不信；说你死路一条，你和算命先生打架。中等签，有凶有吉，而且后来好，谁都乐于接受。"衣食自然生处有，劝君不用苦劳心。但能孝悌存忠信，福禄来成祸不侵。"这就是典型的中等签。

算命先生是吃开口饭的，靠的是三寸不烂之舌，说得你信心满满，消解你的烦恼，鼓励你面对未来。如此就是花上几个钱，你心里也是高兴的。

（2016 年 8 月 29 日）

厨艺表演

天津前几年举行烹饪大赛,请我们当嘉宾观摩品尝发表意见。我说的是,现在"嘟蹦鲤鱼"都是在厨房里烧好送上来。旧日则由厨师一手端着盘子,盘里放着刚炸出锅的大鲤鱼,一手端着炒锅,大声喊"少回身",三步两步跑上楼来当着食客的面,将鲤鱼盘放到餐桌上,再高举炒锅将还在冒泡的滚热汤汁浇到鲤鱼上面,盘子里发出吱吱的声响,制造出一种热闹非凡的气氛。

我看见过那种场面,厨师脚步真和飞一般,就是三层楼的餐厅，也是十几秒钟的时间，看着就令人钦佩。

我向各位厨师提问，为什么现在不能表演了呢？厨师们说，没必要了。我倒不以为然。

厨艺现场操作表演，并非中国专有。日本和食，现场操作表演十分惊险，一个大烤盘，距离食客餐桌几十米远，厨师将烤好的鱼和肉，铲在铲子上，示意顾客做好准备，再将铲子一甩，烤好的鱼或肉飞出去，准确无误地落到你面前的盘子上，而且保证不会溅出油。据说练好这门技术，至少要几年的时间。

抗日战争时期，重庆大后方"前方吃紧，后方紧吃"，有道菜很是热卖，并且有个响亮非凡的菜名叫"轰炸东京"。就是先将米锅巴在油锅里炸到金黄，同时做好浇汁，厨师端着刚出锅的锅巴，端着炒勺，一声"少回身"，跑上楼来，将汁浇到锅巴上，立即发出吱吱的声响。当时中国大片土地已经沦陷，重庆每天还遭到日本飞机的狂轰猛炸，心里恨日本，又没有力量惩罚侵略者，只好在饭桌上听听爆炸声，解解心头之恨，这就"轰炸东京"了。

中餐操作表演，最常见的是烤鸭，一定要将刚出炉的烤鸭整只推上来，当着食客的面"片"成108片，片片有脆皮，有肥有瘦，绝对是一种功夫。

曾在某盛大宴会上恭陪末座，席间一位高级大厨表演"片"烤鸭，果然有大师风范。只见刀子一闪一闪将鸭肉片下来，也不见厨师动手，一片片鸭肉似是飞到盘上一般，令人目不暇接。更精彩的是，片下来的鸭肉摆在盘里，错落有序，看着就是一幅图画。等到这位厨师放下刀具，大家看看表，全程不到一分钟，那才是干净利落。宴会终了，宾馆经理向客人介绍说，这位厨师从艺40多年，名师亲传，片鸭技术更是罕见。

能够看到这样的操作表演，又是最高档次的烤鸭，真是大饱眼福、大饱口福了。

（2016年9月12日）

开汽车

时代革新，生活进步，开汽车早就成了人们的日常生活技能。可我小的时候，说到一个人会开汽车，简直就是高级技师、特殊人才了。

我小时候，就连天津最大的外资公司也没有公司汽车，就算是高级职员吧，上下班也是坐胶皮车。那时，天津没有几家汽车行，有的小汽车行只有花车，专门在婚礼上出租。能够有三五辆汽车，随时等人叫车的汽车行，已经就是大汽车行了。汽车行的老板一般都是老司机，省吃俭用买辆报废的破车，修旧如新，就开起汽车行。干了几年，再买辆雪佛兰，就算大企业家了。

在天津学手艺，大多进三条石，学开车要进汽车行拜师学艺。我在工厂劳动时认识几位老司机，他们说起当年学开车的过程，实在是太艰苦了。

学开车，先要和汽车行签生死状。学徒期间生病死亡，汽车行不负任何责任。还要有铺保，学习中损伤汽车，要照价赔偿。

学徒的前三年里，你根本摸不着方向盘，就是给师傅当佣人。白天在汽车行干杂活，晚上要到师傅家里去烧饭、挑水、收拾房间。师傅晚上出去，要侍候着等门，等师傅回来，要打洗脚水，侍候师傅喝茶。师傅看你勤快，到第二年让你去洗车。第三年，让你上车了，还不许摸方向盘，就是坐在副驾驶位置上看着，师傅才没有时间教你，拉东西让你装货卸货干力气活罢了。等师傅高兴让你开一段路，你才有锻炼的机会。

学开车，重要的是熟悉路况。旧中国只有大城市里有柏油马路，乡间全是土路，一场大雨，路上泥泞半个月不干，一不小心陷进泥沼，那才是叫天天不应，叫地地不灵了。

学徒三年期满，自己可以找事由赚钱养家了吧？

不能，学徒三年期满，还有谢师两年。这两年，你的一切收入要交给师傅，只是不去师傅家做家务活了。如此，整整五年，你才可以离开师傅自己去找事情。

当年在工厂，一位老司机对我说，那时候开车可不是桩容易事，小汽车只在城市里跑，只要不出事故，好歹也能平平安安。但在城市开车的事由不好找，出去开长途能多挣钱。那时，西北商人到大城市采买钢筋、五金之类，这类货物通过火车运成本太高，他们就雇大汽车运输。

跑长途自然都是乡间道路，开汽车的本领也就在这里。最怕的是进山，那时山里基本没有公路，能够走汽车的道路，也都是多少年来司机们轧出来的，许多道路就是深深的两道车轮轨迹，稍有偏离，就是事故。

旧时老司机,学开车先学做人,有福人开平安车,就是这个道理。

(2016 年 9 月 26 日)

武侠小说

旧时代，武侠小说和言情小说是不登大雅之堂的。

我们读书的时候，校方检查学生宿舍，翻动学生被褥，查的就是武侠小说和言情小说，一旦发现有学生私藏这类小说，轻则点名警告，屡教不改者，甚至会开除学籍。

细想起来，那时候的武侠小说比现在的新武侠规矩多了，那时候的言情小说比起现在的"严肃"文学更干净不知多少倍。后来遇到过多年前被学校除名的热衷于读武侠小说和言情小说的朋友，一位也没有"堕落"，其中还很有几位事业有成，比起我这样中规中矩的书呆子，那真是不可同日而语了。

旧时的武侠小说和现在的新武侠有什么不同？旧武侠，写到交手时，一招一式，绝对都有讲究。正如邓友梅先生小说《那五》中写的那样，写错了，门里人会找到你头上，和你盘道，说不定还要教训你一番，那才是吃不了兜着走呢。

武门中人，门派之间有时积怨极深，大多门派都认为自己天下无敌。所以作者在写作中都非常谨慎，唯恐得罪了什么人。旧武侠小说，双方交手，一招一式都要合乎章法，按照书中的来来往往，最后胜负是绝对精确的。

新武侠，跳出了局限，想如何写就如何写，双方交手，几个回合，最后三招两式就将对方打倒在地，没有过程，谁也挑不出毛病，那就是信马由缰了。

武侠小说从交稿到出版，有时也就是三五天的时间，此间绝对没有什么编辑部、出版社的编审过程。

所谓的出版其实就是印刷作坊，武侠小说写手将手稿交到书局，书局将手稿送到石印社，石印社雇有写手，将原稿抄到一块石版上，上好一块版，立即开印，第一块版印完，第二块版也抄好了，如此五六万字一卷的武侠小说，几天就印出来了。

武侠小说多的可以达到上百卷，反正就是一卷一卷地往下写，写到印出来没人买了，或者一部新武侠小说抢了市场，写手再琢磨下一部书。

我见过武侠小说的极盛期，每月的1号、10号、20号，印行武侠小说的书局门外早早地拥来痴迷的读者。最痴迷的读者，买到新一卷之后，一夜时间就读完了，剩下的几天就盼星星盼月亮地等着新书了。

一部令人癫狂的武侠小说，可以维持一年的市场，一位著名的武侠小说写手，每一部书都能热销。只是，写武侠小说并没有多少报酬，一卷手稿交到书局，拿到的钱，未必能维持一家人10天的生活，有的武侠小说写手还有不良嗜好，如此，家里的日子很是艰难。

我到一位著名武侠小说写手的家里去过，这位声名大盛的写手就住在天津河北区一个大杂院里，身上的衣着也普普通通，看着就是一个穷苦市民。

武侠小说历来不能登大雅之堂，中华人民共和国成立后清理不健康读物，武侠小说被列为禁书，如此，原来的武侠小说写手，生活无着，又没有别的谋生技能，立即沦为城市贫民。20世纪50年代之后，政府允许他们给香港报纸写武侠小说，但也有限制，每人只能给一家报纸写连载，字数也有限制，反正也就是勉强维持生活罢了。

如今不一样了，武侠小说登堂入室，武侠小说写手被尊为著名作家，而且高版税。一些武侠小说著名作家，早上了富豪榜，真是令我们这些靠灵感写作、追求什么文学境界的傻作家们，自愧弗如了。

(2016年10月10日)

剃头房

旧时天津,只有很少几家正规理发店,店门装修得非常洋气,门外转着令人眼花缭乱的标志灯,里面则是大吊灯、皮转椅、大玻璃镜,没有点身份的平头百姓,是不敢进去的。

这类理发店,理次发最少得花半袋白面的价钱。我读中学时淘气,斗胆闯进去过一次,一看价目表就吓得赶紧出来了。

好在那时候有担挑子走街串巷的剃头匠,招呼进院来，备上一盆热水，一会儿工夫就剃完了，也就是一毛钱。剃光葫芦头还便宜，不用洗头，几分钟就完。

比走街串巷的剃头匠高一个档次的是剃头房。有一间小门面，一把木头椅子，一面小镜子，专职的理发师傅坐在屋里叼着烟袋，恭候顾客临门。

这类剃头房价钱就贵些了。读中学时留分头，走街串巷的剃头匠技术不行了，就到胡同里的剃头房去。师傅不光给人理发，还有许多服务，最常见的服务是放睡。剃过头，顾客有点儿时间，请师傅放睡。放睡很讲究技术，先拍打肩膀，再拍打后背，而且拍打得极有节奏，师傅的双手半握着空拳，拍在背上要发出清脆的声响，不多时，理发的人就睡着了。店里的生意也不忙，任你睡到自然醒，伸个懒腰，再没事，泡上一壶茶，老哥俩儿还可说说话。

剃头还有另一种享受——掏耳屎。剃头房师傅有一套工具，先用小耳挖勺掏耳屎，其实耳屎不会很多，然后换一个绒球，伸进耳朵挠痒，挠得人咯咯地笑，这也是剃头房里一道风景。

小时候，胡同里的剃头房师傅，除了本业，还会许多本领。头一宗，"拿踝儿"。小孩子顽皮，时时可能胳膊"脱臼"，天津人说是"掉踝儿"，现在遇到这种情况绝对要送医院。那时候很简单，送剃头房。我亲眼看到过，孩子送来时，哇哇大叫，疼得满头大汗，剃头房师傅在孩子胳膊肘上托了一下，轻轻地有一点声音，孩子叫了一声，好了。

还有一种手艺——托下巴。我们作家协会原有一位工作人员是复员女军人。她丈夫探亲来看她，两个人见面一高兴，女军人下巴掉下来了，幸亏20世纪50年代的理发师傅还有老手艺，找到理发馆，也是将下巴往上托一下，立竿见影，嘴巴合上了。

小时候，胡同里剃头房有一位师傅，最拿手的手艺是"掐尸成殓"。半个天津城的杠房都请他，有的据说死了多日，尸体早已僵硬，一般师傅没有办法，但这位师傅，仍可以给死者穿好衣服，而且绝对不伤筋动骨。

(2016年10月24日)

小酒馆

旧时天津每条胡同都有家小酒馆,几乎成了当时的一道风景线。

小酒馆从外面看就是一家普通住户,没有标志,类似现在的私家会所,不是自己人,连门儿也找不着。

小酒馆铺面极小,至多六七平方米,掌柜坐在一个板凳上,板凳旁边两个大盆,温着许多酒壶,大壶的二两,小壶的一两,那时候是十六两秤,掌柜后面有几张小桌,也有的是一张条案,喝酒的人坐在板凳上面壁喝酒。

小酒馆只卖低档酒，没有茅台、五粮液之类，直沽高粱就是豪华系列了。小酒馆卖的酒只有两种，普通的每两1角3分，高级的每两1角7分，喝1角3分的坐在一边，喝1角7分的坐另一边，互不干扰。来小酒馆喝酒的人，绝对不谈国事，所以小酒馆里没有"莫谈国事"的提示，不光不谈国事，什么事也不谈，就在这里喝"闷"酒。

日久天长，喝1角3分的有了绰号，自称是"130部队"，对应着"170部队"，也算是有了贫富差别。"170部队"的绝对不喝1角3分的酒，怕丢面子；"130部队"的也不喝1角7分的酒，怕人耻笑"穷人乍富"。

少年时，我也去小酒馆给家里老人"打酒"。为什么去那个地方"打酒"？老人说，小酒馆不兑水，声誉好。的确，有的小酒馆开了几十年，顾客一辈辈往下传。第一，不涨价；第二，不掺水；第三，不嫌贫爱富，绝对平等对待，进门来掌柜点头致意，临走时掌柜说一声"喝好了，明儿见"。

小酒馆备有经济下酒菜，只有两种。一种是老虎豆，就是油炸蚕豆，另一种是五香花生米，量极少。一盘老虎豆，十几粒，一盘五香花生米，二十几粒，每盘2分钱。喝1角3分的，交1角5分，从热水盆里提出一个小酒壶，自己再端走一小盘花生米，两清。

最穷的酒鬼，一天三"遍"酒。早晨，洗把脸就往小酒馆跑，跑进门来，提出一小壶酒，先喝一半。好在是老朋友，从小菜盘里捏一粒花生米，掌柜也不说什么，你捏走一粒，掌柜往小盘里放一粒，别让后来的人吃亏。

老酒鬼将捏在手里的花生米掰两瓣，放嘴里一瓣嚼嚼，待会儿，一扬脖儿，把剩下的半小壶喝下去，把剩下的花生米放嘴里，推门就走。

这是早晨头"遍"酒，中午"照方吃药"，还是一小壶酒，捏一粒花生米，喝完就走，赶着去干活。晚上，第三"遍"酒，还是这样。每天如此，一连好几年，至少白吃了几斤花生米。

酒鬼，就这么点儿出息。

（2016年11月7日）

现场表演

20世纪50年代初期,取缔了旧时代的不法职业。为了帮助市民提高警觉,有关方面组织原来有过不良行为的人,当众向市民表演。

我看到过一场小偷们的现场表演。说起来,手法确实利索,一个人身上带着钱,几个小偷凑过去,装作若无其事的样子,带钱的人光顾着看热闹,一个小偷凑过来,往前一挤,就将那个人身上的钱偷过来了。

然后,这些人向大家提示,不要挤进人群看热闹,更不要怕丢钱就一手捂着带钱的口袋,这等于告诉小偷钱在那里。

我还看了一场算命神仙的表演。这位神人是天津有名的半仙,他家住的地方我还去过,就在劝业场后门对面的紫阳里。这位半仙在天祥市场有相室,生意很好,每天只给三五个人看相、算命。求他算命、看相要先预约,一般要提前三五天才能轮上。

表演现场这位半仙向大家说,找他算命、相面的人,到了约定时间,走进相室,不必说话,他会一一向你说明你是为什么事情来的,而且绝对没有一点儿差错。

他怎么知道的呢?

一个人有了什么过不去的事,找到相室来求问吉凶,第一天根本预约不上。他每天只看三五个人,每天也只预约三五个号。第一天预约不上,第二天天不亮就来了。就是这样也来迟了,早有人等在相室里,今天又是没号。

等着预约的人难免相互询问是为什么事情来的,有人等了好几天,心里自然着急,免不了和坐在旁边的人拉起了家常。其实,那个和他说家常话的人,就是半仙的线人，他拿话勾引你，一直等到他把你的心事全盘问清楚了，你的预约号也就拿到了。

等到你见到半仙师傅的时候，他早把你要问的事情弄清楚了。你走进相室，那位半仙只是对你说，尊家免开尊口，只把尊造送上来。

所谓"尊造"，就是你的姓名、生日、家里人口。神仙看着你的"尊造"，东拉西扯，一点点影射你要询问的事。譬如对一个求问父母病情的人，神仙转弯抹角地对你说："福寿天定呀，孝顺儿女自然都盼着如何如何，只是天数难违，儿女也就是尽孝而已，不过现在看来，尚无大碍。"说得你口服心服，最后还连声赞叹，哎呀，这神仙太灵了，我一句话没说，他怎么就把我的事全说出来了呢。

其实，神仙赚的就是这份糊弄你的钱。

(2016年11月21日)

城隍庙

如今60岁以下的天津人，很少看见过天津城隍庙的真容了。余生亦晚，只在20世纪40年代，赶上了天津城隍庙盛景的小尾巴。

城隍爷就是"阴界"的县太爷，主管"阴界"县城的平安和百姓的生老病死。

中国神话中，几乎所有的名臣武将，死后都被封了神位，譬如被纣王挖心的比干，死后被封为财神，两位豪杰秦叔宝、尉迟恭，死后被封为门神。只是江南一带的城隍爷是春申君，北方的城隍爷是文天祥。天津城隍庙供奉的自然也是文天祥了。

和外地城隍庙不同，天津城隍庙供奉的城隍爷是一尊卧像，20世纪40年代逛城隍庙，我还看见过这尊卧像，相貌平和，更显慈祥，一派文官神采。

城隍庙是道家的寺庙，道长除身着道袍外，平日生活起居都和百姓一样。早晨也上街买煎饼果子，遇见城隍庙附近的居民也相互打招呼，回到庙里，和小道士更随随便便。

每年五月十三，城隍庙开庙，是天津的一桩大事，庙前空旷地，上千家小贩、手艺人挤得密密麻麻，活活是一个大集市。

走进天津城隍庙正门，是一座大戏台，据说早年间，城隍庙开庙时必有大戏演出。吾生亦晚，只看见过大戏台，没看见过演出，大戏台存放着有钱人家为老人购置的空棺材，再过一片空旷的大院，后面就是一间一间的庙堂了。

这些庙堂原来供奉的神位，没有看到过，早在中华人民共和国成立前，原来的一片大庙堂就建成城隍庙小学了。那时候小学毕业就算文化人了，城隍庙小学出来的学生，一般都做了管理人员。

在城隍庙开庙的前几天，做生意的人们要向城隍庙买位置，更要搭灶、安锅、摆柜台。城隍庙集市的生意无奇不有，我在城隍庙集市吃过锅贴、馅饼，以及麻花、炸糕。玩具有风筝，孙悟空、猪八戒的面具，面人，糖人，泥人。还有小电影，就是一个拉洋片的大方箱，交一分钱，可以扒一个小窗往里面看，一个手摇放映机，放映的都是无声片，看着倒也开心。

城隍庙开庙，善男信女虽然也是逛庙游玩，但大多数人既然到了城隍庙，必然敬上一股香，求个平安吉祥。一般善男信女敬香，都只在大殿外面的大香炉里放香。一股香点燃，冒着火苗，拜三拜，放进长方形、一米多宽的香炉里，转身离去，小道士就立即将那股香取出来，倒放在水盆里，等香火熄灭，扔进大筐里。

这些残香有什么用？残香卖到制香作坊，绝对是一大笔收入。

城隍庙开庙期间，最大的看点是进香。进香和敬香不同，进香的人从家里出发，手举一股点燃的高香，走三步就要将香举过头顶，再拜上三拜，一直走到城隍庙。路上香燃完了，后面随行的人要续上一股香，路途远的要预备好几捆香。直到走进大殿，将香插进大香炉，后面随行的人摆上供品，再行大礼。

为什么要进香？还愿。父母有病，曾经求城隍老爷保佑父母平安，父母病好了，必须还愿。也有的求子嗣，求在外儿女平安。城隍老爷有求必应，每年进香的人特多。

到了20世纪50年代，城隍庙不再开庙了，也没有人来城隍庙烧香许愿了，渐渐地，天津人把城隍庙忘掉了。

（2016年12月5日）

第二辑

记忆老城厢

小贩讲究精气神

天津老城厢已经不复存在了,天津老城厢只能是老一代天津人的记忆了。

记忆老城厢,印象最深的,应该算是老城厢里的小贩了。旧日天津老城厢的小贩不同于今天的小贩,绝对没有光膀子穿背心、趿拉着拖鞋大喊大叫的。旧天津老城厢小贩规矩得很,每种行业叫卖的东西不同,叫卖的方式不同,声调不同,风格更不同。最粗俗的小贩是冬天赶着牲口大车走街串巷卖大白菜的农民,那才是十足的天津风格，大车停在胡同里，放开喉咙一声："大白菜咧咧咧。"绝对男高音，声音洪亮、清脆，类若京剧中的铜锤花脸，叫卖声从胡同口传到100多米的胡同深处，其情其景颇为壮观。

卖大白菜，有许多讲究。天津人买过冬白菜，最少200斤，看好了成色，讲好价钱，大白菜一棵一棵从车上搬下来，卖菜的农民一手抓着菜头，一手飞快地削下菜帮，不能连着菜帮一起卖，做的是仁义生意。

后来，过冬白菜一律归副食店卖，成色就不同了。农民将白菜运来，呼啦啦卸在地上，一棵棵码起来，上面还蒙上厚厚的棉被，第二天早晨一看，全冻了，成了一根一根的白菜冰棍。买过冬白菜凭副食本，一户几百斤，上等白菜100斤2元，劣等白菜100斤才几角钱，自然全是冻菜。买回家来，解冻，就成一摊烂菜了，此时人们才回忆起老城厢卖大白菜的农民，那生意做得真规矩。

最具艺术风采、精气神十足的小贩，应该是每天早晨卖芭兰花的小贩了。

芭兰花，兰花的一种，色白，圆菱形，一寸长，香气袭人，悠久，绝非今日法国香水所能比拟。卖芭兰花的小贩，身着黑色中式对襟大袄，放芭兰花的提盒，褐紫色，提盒里，一条雪白的毛巾，微湿，铺放在刚刚开放的芭兰花上，有人来买，打开提盒，由买花人挑选，那才是看着哪束都喜欢，让人挑花了眼。卖芭兰花的小贩，年龄都在40岁上下，不能是年轻人，买芭兰花的都是年轻姑娘，那时候姑娘害羞，年轻人卖芭兰花，姑娘们就不出来买了。卖芭兰花的小贩，将提盒挎在胳膊上，挺直腰背，小步走进胡同，抬起一只手拢住嘴巴，细声慢调吆喝一声："芭兰花，卖呀。"每个字都是一唱三转，吆喝一声最少要3分钟时间，吆喝之后，将提盒放在一处干净台阶上，买花的姑娘立即出来，你一束我一束地开始挑选。

走出家门来买芭兰花的女子，多是小门小户，大户人家的女子是不出来买花的，笔者在长篇小说《桃儿杏儿》中描绘过给大宅门送花的婆子，她们也是卖芭兰花的小贩，但不走街串巷，每天早晨提着一个小提盒，专门走大宅门，叫开紧闭的大门，吆喝一声："送花儿的来了。"这时院中的女子才走出闺房，围住送花的婆子，挑选。这类卖花，当时不收钱，婆子心里有数，每年三大节：春节、中秋、端阳，她到大宅门来结算，这一节府上用了多少花，一共是多少钱，绝对不多算一束，也不会少算一束，小贩们的诚信，是自己打拼出来的。

下午3点，卖切糕、江米藕，是胡同里的一道风景。天津老城厢，下午3点，鸦雀无声，上班的没有下班，做生意的没有回家，学生们没有放学，胡同里没有人影，大宅门的少奶奶、小姐们刚刚午睡醒来，恰这时，卖切糕、江米藕的小贩走进胡同，推着一辆独轮木车，车上一张油光铁皮当作案板，案板上放着洁白的切糕。切糕看着绝对是艺术品，尤其是卷成长形的切糕，一长条，外面是雪白的江米面，里面卷着豆沙、红果馅，看着让人垂涎欲滴。卖切糕、江米藕的小贩多是老人，跟在老人身后，有一个少年，最多十来岁，身体发育尚未成熟，穿着干净的布褂，待到老人停下车子，孩子立在车旁,伸直脖子,放开正在变声的嗓子,天津人俗称是"小公鸡嗓",细声细调,拉着长音,开始吆喝。"切糕,江米藕呀!"声音委婉柔弱,陪衬着下午淡淡的斜阳,将胡同里的气氛营造得更加安详。

头一声吆喝,一般唤不出来顾客,要吆喝几声,这时大宅门才打开院门走出人来。出来买切糕的,多是大宅门的佣人,拿着一只瓷盘,走到老人前面。"一块馅的,一块江米藕。"这时,小贩揭开蒙着切糕的白布,切下一片切糕,再切下一片江米藕,江米藕敷上薄薄一层白糖,放在瓷盘里,绝对不比当今五星级宾馆餐厅里的小食盘逊色。买过切糕、江米藕,佣人还不肯走,手里捏着一个零钱,向老人身边的孩子说:"宝贝儿,再吆喝一声。"然后将零钱交到孩子手里,孩子立即一只手拢着嘴巴,细声细调地又吆喝了起来:"切糕,江米藕呀!"和童声演唱一样,将老城厢胡同装点得温馨舒适。

孩子们放学之后,胡同开始热闹起来,这时候赶来凑热闹的小贩,就是卖金鱼的了。卖金鱼的有一对浅木盆，里面放水，红色黑色的金鱼在里面游动，充满活力。卖金鱼的吆喝卖力，20世纪50年代，于是之在话剧《龙须沟》中扮演程疯子吆喝卖小金鱼，就是过去天津老城厢卖金鱼小贩们的吆喝声。"大小金鱼呀。"吆喝之后，还喊一嗓子，"蛤蟆秧子换瓶子"。蛤蟆秧子就是蝌蚪，换瓶子，不用钱买，家里的空酒瓶，拿出来一只，就可以换些小蝌蚪，想来也极有趣。

(2007年10月18日)

胡同口的表演

老城厢胡同里安静平和,家家户户大门紧闭,到了"下边儿"(租借地)的生活已经花红酒绿的时代,老城厢里还是一片安宁。

20世纪30年代,老城厢里听不到唱歌、唱戏的声音,几乎没有几户人家有收音机,就是有收音机的人家,音量也调到极低,声音绝对不会传出自家院子,更不见胡同里的行人一面走路,一面唱戏,也没有人哼唱时代歌曲。走在路上唱唱咧咧的人,被认为是仪表失态的"落地梆子"。

如此，孩子们的生活就显枯燥了，下学后只和自己家里的小弟兄们在院里"跳房子"、下棋。那时候像我们这样的家庭，孩子们连"弹球儿"都不许玩的。"弹球儿"，将玻璃球在地上弹着玩，据说是"野孩子"玩的游戏，和"学生"的身份不符。

老城厢里唯一开心的事情，是流浪艺人的街头表演。听到院外传来小锣敲打的声音，院里的孩子跑出来，围住流浪艺人，等着看表演。

流浪艺人的表演丰富多彩，最常见的表演是傀儡戏，天津人叫耍"鼓捣丢"。艺人在胡同口支起一个布帐，自己钻到帐里，高举傀儡木偶，双手操作木偶，一面表演，一面唱，也不是唱，是嘴里含着一个小哨，吹得有腔有调，还能听出词句，很是一种本领了。

傀儡表演，多是有关孙悟空的故事，小孙悟空在布帐上面翻跟斗，把凶恶的妖怪收拾得服服帖帖，孩子们看得甚是开心。一段表演结束，流浪艺人从帐篷里钻出来捡钱。孩子们出来时就向家长要了零钱，一分钱就可以看全部表演，绝对是一种廉价娱乐了。

放学回家，路上更有许多表演，最多见的是流浪艺人"变戏法儿"。"戏法儿"即魔术，流浪艺人的戏法儿，没有大道具，只是一些小手彩儿。最多见的，地上放一方白布，两只小茶盅倒放在白布上，旁边有三颗豆，明明看着艺人将三颗豆放在小茶盅里，一只茶盅下面放了两颗，另一只茶盅下面扣了一颗，但只看艺人拿一根小棒在空中画了一下，说了一声"变"，再拿开小茶盅，一只茶盅下面有三颗豆，另一只茶盅下面则什么也没有了，看着甚感惊奇。

这样小茶盅扣豆子的戏法看厌了，还有更令人惊奇的表演，"平地抠饼"。这种表演真是太神奇了，直到今天我也闹不明白是什么奥秘。只见艺人将一块白布铺在地上，然后双手在白布上画呀画地转，这时候就看见平平的白布一点点地隆起来，下面似是出现了一张大饼，圆圆的，平平的，艺人喊着"饼，饼"，真的就像是变出了一张大饼。只是孩子们等呀等呀，等着看白布下面的大饼，可恨的是艺人就是不提起那块白布，大饼永远在白布下面，就是不给你看见。

当然，那时候我也知道不是真的，平地上真能抠出大饼，艺人们何必还出来表演，换几个小钱去买大饼，他在家里自己抠大饼吃该有多好。但明知道是假，你也无法看出破绽，这就是表演了。

旧时代流浪艺人的生活非常悲惨，卖一天力气，挣不到买两斤棒子面的钱，夜里连小店也住不起，就是露宿街头，他们走街串巷表演，随身带着被褥，一个大布袋里装着干粮，表演结束，拿着大碗向水铺讨一碗生水，蹲在街角啃干粮，看着实在可怜。看表演给一点儿小钱，并非就是欣赏他们的表演，有时候就是看他们太可怜了，不得不丢一个小钱。这些流浪艺人在敛钱的时候，将一顶破草帽托在手里，向看表演的孩子乞求一个小钱："学生们，可怜可怜吧。"

最难忘的表演是"耍苦力"，天津话说是"耍苦累"，看着真不忍心。一个汉子，身上套一个道具，弯下腰，看似两个人，上面，是他真的人头和一个假人头，下面是一双腿和穿着两个裤脚的双手。表演时，自己在地上打滚翻跟斗。摔得卖力，暴起一片尘土，扑通扑通的声音非常吓人。表演之后，站直身子，摘下道具，满头大汗，气喘吁吁地说不出话来。他敛钱时，捂着胸口，擦着汗珠，一拐一拐向围观的孩子拱手作揖，转一大圈，也敛不上几个钱。那时候我虽然年幼，但也有正义感，看到那些看过表演散去不给钱的人，很是气愤，心中暗骂那些无情无义的人太没有同情心了，这些流浪艺人多可怜呀。

再有盲艺人的说唱表演，那就不是给孩子们看的了。每天黄昏，估计着人们吃过了晚饭，这时候盲艺人就出现了，他们选一个合适的位置，一个人，怀里抱着三弦，脚蹬鼓架子，蹬一下，敲一声小鼓，听着甚是热闹，先敲打一通，把人们唤出来，也没有板凳，人们就是在盲艺人四周围成一圈。盲艺人靠感觉，知道来人不少了，这时候他就开始演唱了，有的演唱一个小段，更有的成本大套地演唱，开场都是套话："上一回说的是什么什么传，还有那么半本没有说清，这一回说的哪一段，还看老少爷们儿爱听不爱听。"下面，他就唱起来了。

小时候，在鼓楼南住过，南大水沟和北大水沟两条胡同之间有一块空地，夏天的晚上总有说书盲艺人演唱，围在四周的人也很多，想起来也是老城厢的一道景致了。

新时代，生活稳定，天津街头再看不见流浪艺人了。渐渐地家里有了收音机，胡同里再热闹，孩子们也不出来看了。

（2007年11月15日）

宝和轩水铺

宝和轩水铺坐落在北马路外侧，属于城外地界，但宝和轩水铺和城里人的关系太密切，从生活归属上应该划到老城厢区域内。

老天津水铺，是供应自来水的小店铺。旧日自来水没有接入居民家中，每一条胡同设一个水龙头，居民用水自己去取，到月底，自来水公司挨家收水费。水费说是按使用多少收费，其实就是大平均，自来水公司只问一家几口人，按人头收费，居民也没有纠纷。

经营水铺，单独设立一个自来水管，再雇用工人往各家送水，这就不只是水价了，一筲水的价钱远超过平均水价。送水工人有送水车，装满一车水，水筲分大筲小筲，居民家中有水缸，每天早晨送水工人送水，挑满一缸水，足够一家人用一天。

水铺不光送水，主要生意是卖开水。最早，水铺还有一种服务，代冲鸡蛋花，买水的人带着一个鸡蛋，拿着大碗，到水铺，水铺伙计将鸡蛋打好，提着水勺高高地冲下来，立即就是一碗鸡蛋花，表示绝对是滚开的水。

宝和轩水铺的规模，莫说在老城厢，就是在全天津卫，也是数一数二的大字号了。和一般小水铺不同，宝和轩水铺有一块大招牌，上面三个严体大字"宝和轩"，看着甚是庄重。宝和轩水铺门外停着四辆大水车，早晨四辆水车拉出去，中午时分四辆水车拉回来，午饭后四个送水的壮青年倚着宝和轩门外的老树根打盹儿，显得极有气派。宝和轩水铺更经营着一个大书场，我小时候进去过，里面非常豁亮，相当于小学校的小礼堂，正面有一个说书人的高台，相当于教室里老师的讲台，下面一排矮桌，一排长板凳，可以坐下上百人。在这里说书的都是天津最有名的说书艺人，陈士和先生的《聊斋志异》就是在宝和轩说出的名。宝和轩书场外面立着大招牌，写着今天说书的内容，都是成本的"大书"，从《水浒传》到《三国演义》，还有各种各样的侠义演义。宝和轩书场绝对是高雅娱乐，从来不说不入流的东西，由此才在老城厢享有盛誉。

来宝和轩水铺听书，不必买票，进门自己找个座位，体面的爷们儿要一壶茶，卖茶的收入归宝和轩，说书艺人每说一段书敛一次钱，宝和轩水铺听书的听众都是规矩人，听书不给钱，是没有的。当然，小孩儿听书是不收钱的，敛钱的徒弟走到小孩儿面前就把收钱的盘子举起来了。反正小孩儿也听不出门道，也不捣乱，收小孩儿的钱，生意道上不规矩了。

宝和轩的盛名，还和一段荒诞的传说连在了一起。

说是老老年间，宝和轩一位名叫张四连的伙计，一天下午正倚着门外老树根打盹儿，忽然走过来一个人，向张四连问道："这位是张四连老爷吗?"张四连吓一跳,从生下来没人称他是老爷,便赌气回答:"我是张四连又怎么样?"谁料那个人更向张四连行了一个大礼,随后对张四连说:"在下想向老爷借点银子。"张四连一听就火了,冲着那个不速之客骂道:"你拿我找乐儿呀,我穷得靠挑水谋生,哪里有银子借给你?"

只是那个不速之客还是向张四连说:"先生不知,先生有一处深宅大院,那里面存着老爷一笔钱,说是要有老爷的话,才肯借给我的。"

张四连自然不信,那人就向张四连说起了事情的缘由。

原来,这位不速之客是一个落魄书生,晚上无处安身。一天,书生看见有一处大宅院,信步走进去,也没人阻拦,就在里面糊里糊涂地睡着了。半夜听见从上房传出来拨打算盘的声音,书生走过去扒着窗台一看,里面几个老先生正在算账,桌上放着许多银子,书生穷得没法儿,就贸然闯进屋去,向先生们借点银子。算账的先生对书生说:"这银子不是我们的,我们为张四连老爷管理钱财,你找张四连老爷说去吧。有他的话,你想用多少,我们就给你多少。"可是张四连老爷在哪儿了呢?算账的先生说,他每天下午坐在宝和轩水铺门外老树根上打盹儿,我们已经等他好多年了。

就这么着,张四连发财了。

你道荒唐不荒唐?

(2007 年 11 月 22 日)

南蛮子憋宝的传说

天津人爱编故事，天津人编的故事基本是一类情节，都说天津是一方宝地，后来南蛮子到天津来，把天津的宝物都憋走了，由此，天津的风水也就没了。

天津人有大都会人的心态，将从北边来的外来人口说成是"侉子"，把从广东来天津做生意的称作"南蛮子"。广东人吃苦耐劳，好品德，在天津几年打拼，都能积存下些财富，离开天津时就能带走不少钱财。不肯吃苦耐劳的天津人看着眼红，就说广东人把天的宝物"憨"走了。

说到藏宝,应该说天津的地下宝藏不会很多,因为天津是一方退海之地,冲积而成,地上地下只是一片泥沙。那几年闹备战,处处挖防空洞,挖到深处大多是贝壳,少有历史文物。中国历史上任何一个朝代都不在天津建都,就是明皇朱棣在天津设卫,也只是把军队派过来,不会把他皇宫里的宝贝带过来。所以,天津人说自己的城市"白花花的银子大街上流",指的是就业机会多,商机多,货币流通频率高,至于地下,自惭形秽了。

但天津人固执地认为天津风水好,风水好,地下一定有宝,否则"镇"不住风水。清代文人李庆辰写过一部"怪力乱神"的笔记小说《醉茶志怪》,其中就有许多掘地得宝的故事。在一则故事中,李庆辰写道,某君"掘地得一物如龟,方厚约四五寸许,遍体金色,绚烂有光,四足齐动"。活灵活现,一只金龟子。京剧中有一出《吊金龟》,看来此事可能发生在天津了。

清代大文人俞樾,曾经在天津住过,他的《右台仙馆笔记》一书，有不少关于天津的记载，其中一条写着：天津一巨宅筑屋，掘地，得一银盆，主人携归，熔之，重五十两。俞樾老先生不写"怪力乱神"，所记逐条应该是确有其事的。地下的银盆，说不定是哪朝哪代人的生活遗物，算不得是什么"宝"。

但老天津卫的老天津人对于南蛮子憋宝一事，是坚信不疑的。

有名的铃铛阁是天津三宗宝之一，坐落在天津城外西北角，初名稽古寺，建自唐代，寺内存有《大藏经》全卷。天津铃铛阁，阁楼上系有金铃48只，入夜风动，铃声传播数十里，实为天津一大风景。不幸的是，光绪十八年（1892），一场大火将铃铛阁烧得只剩下一片废墟。铃铛阁何以起火，那时候的天津人不知道分析火灾起因，只编出一条南蛮子憋宝的故事，说是铃铛阁地下的宝物被南蛮子憋走了，由此才引起一场大火。

据老天津人传说，铃铛阁48只风铃所以声音洪亮，而且能远传十余里，那是因为铃铛阁地下有四只金蟾镇守风水。几个南蛮子看出铃铛阁地下有宝，便每天夜里潜伏在铃铛阁外观察。一天夜里,夜风又起,正当风铃发声时,南蛮子看见铃铛阁四个角落各有一只金蟾现出地面,清脆的风铃声就是由金蟾传向四方的,也是南蛮子眼疾手快,他们四个同时悄悄摸到金蟾旁边,突然每人将一块重石压在金蟾身上,铃铛阁的铃声立即就哑了。

第二天早晨,南蛮子来到铃铛阁,搬开重石,每块重石下面压着一只金蟾。南蛮子将四只金蟾取走,没想到没过几天,一场大火就将铃铛阁烧没了。

另有一段南蛮子憋宝的传说,故事发生在鼓楼。鼓楼位于城区中心,是天津人引以为荣的标志性建筑。古籍记载,天津鼓楼"居城中央,高三层,四面穿心,上悬大钟,晨昏各撞一百八杵,城门早晚启闭,以钟鸣为准"。鼓楼钟鸣,声闻十余里,可预卜晴晦风雨。你看这鼓楼的大钟,还真是一座神钟了。

据清人笔记记载,忽一日,鼓楼钟声大作,天津县太爷大感奇异,命人到楼上查看,衙役来到鼓楼,见鼓楼四面大门紧闭,没有人在里面敲钟。衙役破门而入,只看见楼上跪着一个人，自然是个南蛮子，正向大钟朝拜。衙役将这个南蛮子带到县太爷衙门，县太爷审问他在鼓楼上做什么，南蛮子回答说："钟锁日久成龙，以术取去，埋在地下，将来子孙必出显贵。"

就这样，南蛮子将鼓楼的镇楼之宝憋走了，从此鼓楼的钟成了哑钟。鼓楼上的那座老钟虽然被南蛮子埋在了地下，多少年天津也没出几个显贵，有人见证说，南蛮子埋在地下的钟是一座假钟，真钟，也就是鼓楼的镇楼之宝，早就被南蛮子憋走了。当然，这也只是传说。

南蛮子憋宝的传说如今早就没有人相信了，而且开埠通商，天津人兼容并包，容纳天下贤达，再不称广东人是南蛮子了。至于憋宝，更不会有人相信了。所谓的得宝，其实就是善于发现机遇，善于利用机遇，广东人来天津发财，是人家经济头脑好使，向精英学习，才能走上致富的道路。

（2007 年 11 月 29 日）

"卖糕得妻"传美谈

一块切糕换得一个媳妇儿,天底下哪里有这样的便宜事?

天津就有。清代大学者,俞樾老夫子,在他的《右台仙馆笔记》一书中,就记载了老天津这样一则故事。照抄原文,太麻烦,还是将俞老夫子的文章改用现代话语转述更显方便。

"光绪丙子",时在1876年,你瞧,俞老夫子说得有鼻子有眼,绝非杜撰,真实可信。

俞老夫子记载，光绪丙子，一对河北省的农民夫妻带着妹妹来天津行乞。这个"行乞"，可能和我们的概念不同。我们的概念，"行乞"就是讨饭，身无分文，饥饿难耐。但俞老夫子看见的这对夫妻，行乞路上看见一个卖糕人，可能就是天津人说的卖切糕吧，居然掏出身上所有买了一块切糕。这对夫妻买了切糕，两个人分着吃了，一旁看着的妹妹一点儿也没吃着。行乞路上妹妹也是饿着肚子，看着哥嫂吃切糕，不给自己一点儿，心里难过，就落下了眼泪。

卖切糕的天津人心地善良，看着挨饿的妹妹可怜，就向妹妹说："我卖了一天切糕，也到回家的时候了，这里还剩下一点切糕，送给你吃吧。"正饿着肚子的妹妹听说卖糕人白送给自己切糕，惊喜万分，慌忙拿到手里，狼吞虎咽地吃了起来。

妹妹白吃了人家的切糕，自然要表示感谢，这时候，天已不早，哥嫂催着妹妹赶路，吃过人家切糕的妹妹不肯走，便对哥嫂说："前途茫茫，行将安往？往而无食，亦无生理。吾受此人一饱之恩，不如从彼去，免为兄嫂累也。"正好，这位卖糕人也没有妻室，两厢情愿，当即就带着这位姑娘回家去了。

由此，俞老夫子感叹说："萍水相逢，遂成伉俪，颇非偶然。"由此，传为美谈，也为天下好心人得到天酬备感欣慰。

天津人相信好人必有好报，此言果然不谬。但一块切糕就换得一位女子的爱心，这也实在太"便宜"了。如今美女时代，莫说是一块切糕，常常一辆宝马还打动不了芳心，"芳心"的成本太高了。

切糕和宝马，不可同日而语，但出现的时间不同，正在挨饿的妹妹宁肯要那块切糕，也不会要一辆宝马。而对于如今一些成功人士来说，送一辆宝马，比卖糕人送一块切糕还要轻松容易。对于成功人士来说，一辆宝马不过就是一根小手指，而对于卖糕人来说，那块切糕就是他一天的生计，孰轻孰重，显然是不一样的。再往深处说，施舍和同情是不一样的，恩赐和善良更是不一样的。中国人讲"滴水之恩，当以涌泉相报"。

乐善好施是天津人的好品德，天津人厚道、"大手"、助人为乐，在全中国美名远扬。

史书记载，天津的慈善机构极多，有收治病人的、有收养孤儿的等，至于开粥厂，那就更是散见于民间的慈善之举了。天津的粥厂大体分作两类，一种是救济灾民的粥厂。山东大旱，文安洼大水，几乎每年都有众多灾民涌进天津。为救助这些灾民，民间自发开办粥厂，其中有商业组织开办的粥厂，譬如西马路的布业商店，就曾经自发组织开办过救济灾民的粥厂，经费由各家商号分摊，一家也就是一百多元，如此就可以救济几千灾民，帮助他们在天津渡过灾荒。等家乡洪水退去，或是来年开始春耕，灾民返乡，这类粥厂也就结束了。再有一种粥厂，是每年救助天津穷苦市民的粥厂，一般由一片地区集资开办，各家各户每年出一点钱，开办粥厂，帮助穷苦市民度过寒冬。对于有正常收入的天津人家来说，不是太大的开支就能行善举，解救穷苦市民的一时困难。

(2007年12月6日)

蹦豆、萝卜

蹦豆、萝卜是老城厢生活的一大花絮,更是老天津卫人日常生活的一项内容。

蹦豆,就是蚕豆、炒蚕豆,天津人说蹦豆,算是一宗干货。戏院茶园里有四干四鲜,四干中蹦豆算一种,放在盘里,那是很中看的。炒蚕豆很硬,硬得咬不动,天津人喜欢磨牙,放嘴里就吃的东西,没有"嚼头",一颗蚕豆,磨半天,嘴里总是香香的,算得上是一种享受。

蹦豆便宜,孩子们用零花钱,买一包蹦豆,能吃一个下午，一包花生，一会儿就吃光了，再看着别人有零食吃，就流口水了。蹦豆还可以是一种玩具，天津小孩们玩"弹子儿"，一把蹦豆撒开，在两个蹦豆间画一下，再弹着一颗蹦豆去碰另一颗蹦豆，弹上了，两颗蹦豆归赢家。本人幼时手笨，一包蹦豆没多少时间，就输得精光，想来甚是怏怏了。

蹦豆有许多玩法，老天津卫每逢连雨天，孩子们出不去，小贩们就出来卖炒蹦豆，披着蓑衣沿街叫卖，雨声伴着叫卖声，更显出胡同宁静。

天津蹦豆品种繁多，有炒蹦豆、甜蹦豆、咸蹦豆、酥蹦豆，最出名的是七十二样酥蹦豆。我见到的最早卖七十二样酥蹦豆的小贩，那是在西马路上，一位老农民牵着一头毛驴，毛驴背上搭着褡裢，褡裢上面有许多小口袋，每个小口袋里有一种味道的酥蹦豆，一路走着，一路叫卖"七十二样酥蹦豆"。每天下午老人准时来到西马路，许多天津人早就等在马路上，看见老人来了，赶紧上去买，我也买过，本来可以买一大包蹦豆的钱，买七十二样酥蹦豆，买不全味道，果然味道不凡，甜的、酸的、辣的，后来还有菠萝味的、橘子味的，品种极多，生意很好。后来离开天津，再回来，再没有看见过卖七十二样酥蹦豆的老人。

萝卜，应该说是上天对天津人的厚爱了，出了天津，哪儿也吃不到赛梨的萝卜，统一的声调，统一的台词，萝卜赛梨呀，名不虚传，果然鸭梨一般又脆又甜。同是一种萝卜，当青菜卖的就便宜，当水果卖的就金贵。晚上小贩走街串巷叫卖萝卜，那种萝卜真比水果还要贵。萝卜是切成薄片卖的。切萝卜，绝对有技巧。一只萝卜拿在手里，托在一条洁白的毛巾上，看着就身价不凡。切萝卜的刀，是用一只铜钱磨成的，飞快。小贩一手托着萝卜，另一手用两根手指捏着刀片，唰唰地切出来，每片的薄厚都一样，都是从萝卜头切到萝卜尾，绝对不会切偏，也不会有薄有厚，看着似艺术品一般。

天津人晚上吃萝卜是一种生活习惯。天津人相信萝卜消食，晚饭后，油腻太大，嚼一片萝卜清口，打个萝卜嗝，痛快，也是一种享受。天津人相信萝卜有益健康，萝卜就热茶，气得先生满地爬。这里的"先生"，说的是医生，医生看见大家晚上吃萝卜就热茶，百病皆消，生气了，没有人来看病，也就气得"满地爬"了。

胡同里，晚上，蹦豆、萝卜一起卖；戏院、电影院里，只卖萝卜，不卖蹦豆。为什么？怕你一喊好，嘴里一颗蹦豆吞下肚里，危险。戏院、电影院里的萝卜更值钱，在外面买一筐萝卜的钱，在戏院、电影院里只能买一片萝卜，卖萝卜的在排排座位间穿行，不大声叫卖，极是亲切地凑到你面前，更似说知心话一般向你询问："来两片儿？"你一点头，他那里萝卜就切好了，送过来，两角钱，宰你没商量。

好在看戏、看电影的人不会和卖萝卜的争执，外面的萝卜一毛钱一斤，怎么你的萝卜一毛钱才一片儿？天津人不犯这个"抠儿"。萝卜吃多了打嗝，天津人说放萝卜屁，很不礼貌。吃一片萝卜清口，顺气，消食，又不至于打萝卜嗝，恰到好处，既摆谱，又显大爷气派，心里美。

蹦豆、萝卜，一个磨牙、一个消食，活神仙了。

(2007年12月13日)

一盏暖暖的灯

中央电视台有一条公益广告：晚上，一个迟归的女孩骑车回家，胡同口站着一位卖小吃的老人。女孩礼貌地问候："大爷，这么晚了，您还没回家呀？"老人举起灯盏为女孩照亮道路。画外音："平安，有时就是一盏暖暖的灯。"

每次看到这条广告，不由得便回想起少年时候老城厢的情景。那时候住在老城厢，大胡同马路宽敞，人来人往，热闹；小胡同人烟稀少，晚上就显得恐怖。学校离得远，下学之后还有许多活动，还想在学校上晚自习，如此，回家就要到晚上10点多钟了。许多次，我都遇到一位老人，不像电视上那位卖小吃的老人，就是坐在胡同口的老人，小板凳旁边有一盏灯，汽油灯，灯芯拧到极小，看见有学生晚归，老人站起来，拧亮灯芯，为孩子照亮胡同口的道路，遇到恶劣天气，老人还会送你到家门口。自然，没有画外音，但心里确实暖暖的，体会到平安就是一盏暖暖的灯。

坐在胡同口上等着为晚归的孩子照亮回家路的，大抵都是穷苦老人；大掌柜们是没有闲心去想晚归孩子们的，他们才不管胡同里面路灯不亮，也不管胡同里面坑坑洼洼地面不平，摔倒了怪你自己，谁让你回来得这样晚呢？这位为孩子们照亮道路的老人，也不要报酬，把你送到家，说句："宝贝儿，明天早点回来。"然后就默默地走了。直到今天回想起来，心里还有一股暖意，天津老城厢暖暖的乡情，让人久久不能忘记。

回到家来，孩子也不必禀报，家长就知道必是一位老人送孩子回家的，第二天见到那位老人，也不必致谢，看神色就像没有那么一回事似的。有一次，我随老祖父去亲戚家，回来晚了，在胡同口遇见那位老人。老人站起来也为我们照路，这时候老祖父掏出几角钱，递给了那位老人，老人还谦让许久，最后自然是收下了，双方都没说什么感谢的话，就是一番心意。

老城厢，老邻居，似是都有一种默契，胡同里的老人有责任照顾本胡同的孩子。孩子在胡同跑，老人就会说："宝贝儿，慢慢跑。"孩子在胡同里玩得久了，老人看见就说："宝贝儿，该回家了，一会儿你娘该找你了。"小孩子们一起玩，难免会打闹，真有了纠葛，闹起来，老人们就出来解劝，也不管谁对谁不对，"都回家去"。一声斥责，孩子们也就散了。

天津人的好传统，爱管闲事，相互关心。马三爷的相声《逗你玩》，晾在街上的衣服不放心，妈妈让小孩看着，来了个小偷"逗你玩"，最后把衣服"拿"走了。说得绘声绘色，但这类事件在老城厢并不多见。老城厢胡同里很少有生人，偶尔有陌生人在胡同里流连，老住户就会过去盘查，也不似警察那样恶汹汹地质询，似是说客气话，和陌生人唠嗑，如此就将陌生人监视住了。再有，老城厢晾衣服，多在自家院子里，只有四面城临街的门脸房，才会在外面晾衣服，即使如此，也不必让孩子照看，邻居们出来进去就留着神了，再到了晚上，谁家衣服还没有收拾进去，老人们就会询问："这是谁家晾的衣服呀，天不早了，收收吧。"一点提示，不给小偷留时机。

相互关心，促进社会和谐，在老城厢住了几十年，很少看见邻居们闹纠纷，至于打架的事，就更不多见了。老城厢居民，相互友善，平时打头碰脸，见了面总要问候一声："吃了吗？"无论什么时间，无论什么场合，多是这句话。回答也是千篇一律，"偏您了"，意思是我吃过了，对不起，吃的时候没有招呼您，偏了。和气生财，是老城厢里人的生活信条。一条胡同，谁家里有人在外地做事，逢年过节回家，一条胡同的人都来问候，这一年在外面生活得怎么样，胖了，瘦了，发福了，都是真诚的关心，再亲近些的邻居，就会送些东西过来，孩子在外面一年，尝尝大娘熬的鱼吧。那时候不讲摆桌，熬几条鱼，已经够感动的了。

斗转星移，老城厢出现了大杂院，独门独户的时代终结了，即使是大杂院，老城厢居民也能和睦相处，无论什么事情也能相互谦让，后来电视剧中每天吵架的大杂院是不多见的。

老城厢里有许多奶奶，这些奶奶最爱管闲事，谁家婆媳不和，谁家孩子不孝，这些奶奶一定要过问。这些奶奶最大的爱好是说亲，就是后来说的介绍对象，谁家的小子、姑娘到了成家的年龄，就成了这些奶奶的"心病"，不是一般的关心，是真"走心"，一旦发现门当户对的对象，立即跑来说亲，而且打保票，放心，绝对可靠。奶奶们管闲事，也是以信誉为上的。

社会进步，老城厢的生活也随之发生变化，孩子们大多进了大学，这一下，奶奶们管不着了。管不着了，也还关心，谁家的孩子在外面搞了对象，领回家来，奶奶们闻讯急忙赶来，唯恐晚到一步就看不见了，看过之后，评头品足：哎哟，多好呀，老嫂子，你赚等着享福吧。

老城厢不复存在了,但老城厢的精神传统依然存留在天津人的心间,一盏暖暖的灯,永远照亮天津人的生活。

(2007年12月20日)

梳头油、黏刨花

在近代化妆品进入老城厢之前,老城厢女性们的化妆品是非常原始的。到了 20 世纪 30 年代,老城厢里虽然已经有洋广杂货店,但经营的货色并不太多,西门里的广泰兴,是老城厢里最大的洋货店。小时候随母亲和姑姑们去那里,觉得店面宽敞,灯光明亮,货物更是琳琅满目,就似今天北京的燕莎友谊商城一般。

洋货店里的化妆品,最奢侈的,也就是雪花膏、蛤蜊油之类的东西,今人已很少用,但那时候,使用雪花膏，绝对时髦了。蛤蜊油，没有包装，就是一对蛤蜊壳，里面装着凡士林。小时候读书，学校极冷，手脚长了冻疮，每天早晨去学校，母亲强迫我们涂蛤蜊油，男孩子不肯就范，最后母亲威胁，不涂蛤蜊油就不许去学校，这样才顺从母亲的"旨意"，涂过蛤蜊油去学校了。

再至于雪花膏，那就更不肯使用了，那时候男女分校，一帮光葫芦头，身上一股雪花膏香气，实在太不庄重了。雪花膏只在星期天使用，早晨母亲督促着用热水洗过脸，涂一点雪花膏，保护皮肤，已经有点"腐化堕落"了。

中老年女性离不开的化妆品，第一是梳头油，第二就是黏刨花了。

梳头油，很清淡，比食用油稀，稀到和水差不多，没有味道。中老年女性用梳子蘸着梳头油梳头，头发显得光润，头发粗硬的女性，似是梳头油不管用，以现在时尚发廊的工艺而论，应该是不能定型，就得使用黏性大些的黏刨花了。

黏刨花，如今50岁以下的女性可能没有看见过，就是木刨花，但刨得极薄，几乎到了透明的地步，再经过炮制，粘上一种什么原料，晒干，使用时泡开，不能放很多水，就是稍稍有些水分，用梳子蘸着使用，效果可能极好。

卖梳头油、黏刨花，没有多大的利润，卖梳头油、黏刨花的小贩，也都是最穷苦的小贩。他们挑着担子，前面一个小油缸儿，里面放着梳头油，后面放着黏刨花，走街串巷叫卖。各家各户的女性闻声出来，打梳头油用自家的瓶子，黏刨花买回去，要放盆里泡。这种盆很特殊，圆形，饭碗大小，上口稍大，底端小些，有盖，防止水分挥发。名贵的黏刨花盆很是漂亮，过去成套的瓷器，其中就有黏刨花盆。女儿出嫁，必得一套瓷器，其中不可或缺的就是黏刨花盆。

至于雪花膏，身价就比梳头油、黏刨花高多了。雪花膏属于时尚用品，年轻女性每天出门都要使用雪花膏，我们小时候怕"疤"着皮肤，母亲也强迫涂点雪花膏。雪花膏的品种颇多，卖雪花膏的小贩，推着小车，在我的记忆中还有的小贩骑着自行车，车后座上放着铁皮容器，一路上叫卖："雪花膏卖呀。"

旧时家中女性，一不烧饭，二不听歌曲，只能做女红，此中手巧的女性，就自己制作雪花膏。雪花膏一次可以做很多，自己用不了，就送给亲戚。有的女子做的雪花膏好，姐妹们就求她多做些，送给自己一点，老城厢女子间送雪花膏，也是一宗热闹了。

据说，制作雪花膏使用的原料很不健康，凡士林是主要原料，要加上香精、漂白粉，那是含铅量极高的化学原料，用的时间长了，不仅不能增白，还很容易长雀斑。天津粗话说，"长一脸茶叶末子"，大多是使用雪花膏太多的后果。

老城厢里很有几位老奶奶在制作雪花膏上拥有专利，当然不是现在国家批准的科学技术专利，只是民间认同的专利。这些老奶奶也不以营利为目的，就是制作些雪花膏拿去送给姑娘们博得赞赏，颇以自己的专利为荣。在我的记忆中，有一位老奶奶的雪花膏医治冻疮最有疗效。那时候天津真冷，冬天马路冻开裂缝，学校里每间教室只有一个煤炉，日寇侵占时期，只有早晨一炉煤，烧完，就没有了。每年冬季，孩子们的手脚都冻出冻疮，手背裂出血痕。外面虽然也有卖医治冻疮的药膏，但效果不明显，这时，家长就会去向那些身怀绝技的奶奶们求取她们特制的雪花膏。果然见效，涂几次，血痕就合上了，冻裂的地方很快长出了细嫩的皮肤。奶奶们也不要任何报酬，只是到春节家长拜年的时候，听家长说些感激的话。

据说医治冻疮的雪花膏也不是什么秘方，就是在制作雪花膏的时候加上一些鸟粪，还不是随便什么鸟粪都管用。我家先人爱养鸟，也看见过老奶奶们来收鸟粪，鸟粪收走，要加工，把鸟粪中的脏东西去掉，保存哪些东西，老奶奶们就保密了。

时代进步，生活质量提高，科学制作的化妆品涌进市场，梳头油、黏刨花、自制的雪花膏都绝迹了。现在的头油，至少有几百种，青年女子买这类用品，是很舍得花钱的。

(2007 年 12 月 27 日)

小杂铺

小杂铺,相当于今天的便利店,却比如今的便利店便利多了。

小杂铺的两大特点,一是小,二是杂。

小,小到店铺进不去人,买东西要站在临街的窗外,掌柜从窗里把东西送出来,再把钱收进去,就算做成了一次生意。大的小杂铺,最大也就是二十几平方米,店铺里除了货架,各种缸缸罐罐,也没有多大的地方,但总还可以进去人,下雨天不至于让买东西的人站在雨里。

小杂铺的"小",最明显的特点,不雇用工人,绝对夫妻店。儿女大了,早晨忙的时候出来帮忙,平时生意就老夫妻照顾了。

小杂铺夫妻店,既是店铺,又是住房。门外放一个煤球炉子,女掌柜在门外烧饭,到了吃饭时间,老掌柜端只大碗坐在店铺里呼噜呼噜喝粥。夏天屋里太热,就蹲在门外啃大饼子,日子实在清苦。

小杂铺的"小",小到一分钱的生意也做,一包火柴、一根蜡烛、一根针、几条线、一个纽扣儿,一切日常离不开的生活用品,都在经营范围之内。附近居民生活中一时有什么需要,不必过马路,就在离家最近的地方,出门就是小杂铺,东西虽然比整买要贵些,但先图个方便。

小杂铺的"杂",日常东西都卖,油盐酱醋,手纸肥皂,一切生活必需的日用杂货,应有尽有。

一般家庭,买酱油、醋,都是买一瓶,买盐,也是买一包,但穷苦人家,每天要等当家人回来,拿回当天赚的钱,晚上才开始买东西。天津人说没有隔夜的粮,就是这类人家。

晚上当家人回来了，路上捎回几条鱼，收拾干净，熬鱼的辅料不齐，吩咐孩子去小杂铺买二分钱的熬鱼料，孩子端着一只大碗，到小杂铺，"买二分钱熬鱼料"。掌柜接过碗，揭开酱油缸盖，用提子提些酱油，再提点醋，滴些面酱、糖色、腐乳，齐了，淘气的孩子还和掌柜争，"多给点面酱"。掌柜也好说话，再放些面酱，也算是满意服务了。

天津老城区，每条胡同里都有小杂铺。居民区里，有的小杂铺的名声不太好，这是因为生意小，利润极低，赚钱的手段就是掺水，从外面进货的酱油、醋，都兑水，酒也兑水，不掺假，就赚不到钱。过去住在城里，常听老奶奶们将胡同里的小杂铺叫西药房。其实小杂铺不卖西药，说是西药房，是指小杂铺的吝啬，卖东西和卖药片一样，太黑了。

中华人民共和国成立后，小杂铺经过几次改造，大多数都关门收市了。经营小杂铺的老夫妻们都分配了新的工作，有的去了菜市场，有的去了副食店，进了工厂，做了会计，能力强的，提拔当了领导，工资和大家一样，每月四十几元，比起他们旧日苦苦经营小杂铺，生活稳定多了。唯一的遗憾，他们中的一些人，被定为小业主，不能享受工人待遇。过去工人文化宫，持工会会员证，电影票3角，持学生证，电影票2角5分，小业主没有工会会员证，电影票3角5分，5分钱没什么了不起，面子不光彩，剥削阶级……

没有小杂铺的日子，有时就感到一点小小的不方便。一次，旧衣服的子母扣坏了，去了好几家商店都买不到，若是在小杂铺时代，捏一分钱，出门就买回来了，如今要想找一只子母扣，难了。打的，转了好几个地方，人家都说，别用那玩意儿了，换个拉链儿吧。

如今是超市和便利店时代，便利店再便利，也不如小杂铺便利。用句现在词语，只有你想不到的，没你买不到的，这就是小杂铺精神。

(2008年1月17日)

老礼儿

天津老城厢居民讲老礼儿,老礼儿既是一种生活规范,也是社会和谐的重要保证,不失老礼儿,是人们的生活共识,也是一种社会制约。

老礼儿,世代沿袭下来的生活规范,不仅仅是一种礼节,礼节只是一种应酬表演,老礼儿从某种层面上说,是人们相处的准则,是一个人生存在社会上的行为标准。

老城厢的老礼儿,说也说不清,时时事事都有老礼儿,世世代代不走样，也不必传授，耳濡目染，从一出生就生活在老礼儿中。老礼儿成为一道生活风景，老礼儿也成了一种地域文化标志。

关上院门，家里有家里的老礼儿；走出家门，外面有外面的老礼儿。老礼儿看着只是一种生活习惯，其实每一种老礼儿，都是祖辈圣贤的传教，无论社会发生怎样的变化，老礼儿是世世代代不会改变的。

邻里之间，相互关心，谁家老人身体欠安，见面都要问候一声，再说一句"用人的时候招呼一声"。明知道不会有什么事情找到你的头上，但一句话代表一种关怀，让人心里感到一种温暖。

家里的老人故去了，报丧，更有许多老礼儿。磕个孝子头，告知亲朋、邻居，家里老人去世。得知邻居家老人去世，见到对方家人，要说"归齐还是过去了"表示慰问，更表示孝子已经尽到孝心，无论如何救治，归齐，归根结底，还是过去了。老礼儿，多么深的文化内涵。

邻居家有丧事，附近人家不可大唱大闹，"邻有丧，居不歌"，不可或缺的礼节自律。遇到喜事怎么办，不在"不歌"规范之内，办丧的一方认为是大喜，办喜事的一方也认为有财（材），彼此释去心理重负，不失老礼儿，和睦相处。

任何时代都有贫富之分，贫不馁，富不骄，如此贫富才能和谐相处。老礼儿，各有各的规矩。富贵人家，有私车的，那时候私车就是胶皮车，出门时要走到胡同口外登车，回家要在胡同口外下车，不能像现在的有车族，汽车恨不能开到炕头上，家门口上摆威风。

富人有富人的老礼儿，平民有平民的老礼儿。平民百姓，家里住房狭窄，夏天晚上免不了要到外面乘凉，但乘凉也有乘凉的规矩，坐个小板凳，摇一把蒲扇，可以自得其乐哼几句京剧，但绝对不许光膀子。旧时老天津人夏天穿罗裤罗衫，穿罗裤，很有技巧，不用腰带，就是将裤腰缅好，无论怎样也不会滑开。这样的光膀子，不算触犯老礼儿。邻居之间，和气生财，见了面要相互问候，旧时天津人最常用的问候语："您老好。"再通俗点儿，"吃了吗？""挺好的。"可以说说天气，

"今儿个大晴天。"天气不好,相互关照,"多穿点",都是礼貌,也表现邻里间的一团和气。

无论使用什么问候语,反正不许装作看不见人,眼神儿不好也要问候。老舍先生话剧《茶馆》,市井无赖黄胖子,深度近视眼,来到茶馆,乱哄哄,什么也看不清,先向在座喝茶的诸位爷们儿打千儿施礼,随后大声说道:"大家伙儿都看着我呢,我给诸位施礼了。"其实,他谁也没看清,要的是个老礼儿。

春节拜年,老礼儿更多,给谁拜年,什么时候拜年,怎样拜年,都有规矩板眼。旧时天津社会等级森严,据老祖父生前对我们说,家境极盛时,每逢春节,连黑社会地痞恶霸都要在大年初一早晨9点之前乘车赶来拜年。这些人赶到社会贤达人家拜年,下车走进大门,站在二道门外,大声喝喊:"某某某给某某大人拜年。"喝喊着向二道门拱手施礼,院子(就是老佣人)出来迎接,说客气话:"二爷里面坐。"这位爷自然不会进内府,施礼之后,立即转身退出,院子代表主人表示感谢,送这位平时不讲理的爷乘车远去。其实,圣贤人家和这类人没有来往，春节赶来拜年，是一项老礼儿。圣贤人家也不必回拜，井水不犯河水，相安无事，也就是了。

家里老人寿日，一定要给邻居送寿面，也不必多送，对门人家一定要送，左邻右舍一定要送，再远的就不送了。接到寿面的人家一定要过来贺寿，也不必送任何贺礼，人到了，就行了。

生小孩，送红色鸡蛋，更是一宗老礼儿了。小时候放学回家常常看见桌上摆着几枚红鸡蛋，也不问是谁家送来的，只知道邻居中又有人家生小孩了。长辈要过去祝贺，送点什么礼物，孩子就无所谓了，只等着刚刚出生的小孩儿快快长大，长大之后，又多了一个玩伴儿。

(2008年1月31日)

破解过年"妈妈例儿"

天津老城厢,世袭居民多,春节期间,年味浓,年也过得热闹,此中"妈妈例儿"也就多。

"妈妈例儿":大年除夕,姑娘不许看娘家的灯,无论娘家有多少事,也无论自己家里如何没事,就是小两口儿,灯明之前一定要离开娘家,回到婆家去。

为什么除夕晚上嫁出去的姑娘不许看娘家的灯?"妈妈例儿"有"妈妈例儿"的诠解,除夕晚上姑娘看娘家的灯,受穷一辈子。表面听来只是一种忌讳,但其中也有道理。除夕晚上，嫁出去的姑娘直到掌灯时刻还留在娘家，证明她自己家里不忙。为什么不忙？不烧鱼，不炖肉，婆家穷。只得赖在娘家过年了。

另一个层面，这个"妈妈例儿"其中也包含着一种社会制约。女儿，就是嫁出去了，也是惦着父母，自己嫁出去了，担心父母过年寂寞。于是就要用一个借口把嫁出去的女儿劝回婆家去孝敬公婆，想出一个"妈妈例儿"，无论多留恋父母，掌灯之前，必须回到婆家去，陪公婆过年。"妈妈例儿"所维系的，是农耕文化，是男权体制的社会秩序。

那么女人的权利谁来维系呢？自然也想出了"妈妈例儿"，大年除夕夜里不许扫地。大年除夕夜里扫地，把"财"扫走了，来年日子不好过。

一个家庭的财运，是和社会经济状况、家庭成员事业分不开的。你真是亿万富翁，除夕夜就是用吸尘器扫地，来年也不至于受穷；你本来没有固定收入，莫说是大年除夕不扫地，就是一年不扫地也发不了财。

可是人们还是想出了这么个"妈妈例儿"，细想，其中也有道理。大年除夕，一家人团聚，那时候没有春节晚会，不能出去看电影，就是一家人围在一起说话、吃零食。吃零食，屋里就乱，好不容易打扫干净的房子，地上满是花生壳，如果要及时清扫，那这活儿自然就落到儿媳妇头上。儿媳妇已经劳累一年了，大年除夕还闲不下来，就不人道了，于是就找个借口，大年除夕夜里扫地，把"财"扫走了。如此屋里再乱，儿媳妇也有权利和大家一起说话、吃零食了。

老城厢过年的"妈妈例儿"太多了，表面上看都有迷信色彩，人们也不深究这些"妈妈例儿"的道理，只拿结局吓唬自己，其实祖辈上留下来的约束，都有一定原因。人们不细想原因，只知道结局，约定俗成，就成了"妈妈例儿"。

"妈妈例儿"以制造心理敬畏来制约人们的行为，在民智未开的时代，也未必不是一种办法。大年除夕，子时开始诸神下界，院里不许挂衣服，屋里要亮灯。院里不许挂衣服，绝对是为了让孩子们放炮方便，别的办法说不通，就拿诸神说事儿。屋里亮灯也有原因。

一年时间节约用电，过去是节约灯油，大年除夕还黑兮兮，不吉利了，再破费也要亮一夜呀。天津人说，看破些吧，所以大年除夕，一定要灯火通明。

大年除夕，从子时开始，诸神下界，男孩子要出来放炮，给孩子们一个玩耍的理由，家家户户都要欢天喜地，不得惊扰诸神。此中也有道理，一家人团聚，兄弟父子之间，说起一年行状，难免会有我付出多了，你不厚道了，说着说着就有摩擦，用什么办法维系和谐气氛，诸神下界了，谁对、谁不对都别争执了，大家欢欢喜喜过大年要紧。

"妈妈例儿"，破五之前女人不得动针线，更有深层的道理。女人忙了一年，春节前把饭菜准备好了，春节期间，不正是做针线活的时间吗，类如现在有人利用春节时间充电——读书。"妈妈例儿"不管学生的事，但春节属于大家，还让女人忙针线活，不公道了。于是想出一个借口，"破五"前动针线，刺了神眼，那就惹下大祸了。

"妈妈例儿"不完全是迷信，破解"妈妈例儿"背后的文化内涵,就看出约定俗成的习俗,其中也有深刻的人性道理。

(2008 年 2 月 7 日)

很少养狗

老城厢人家,很少养狗。就是养了狗,也绝对不放出院子,更看不到遛狗的老少爷们儿了。

为什么老城厢居民很少有人养狗?

一个原因,老城厢里没有遛狗的地方。大小胡同,一户人家毗邻着一户人家,牵出狗来,和邻居争道儿,伤和气了。老城厢人家养猫,猫能捕鼠,不是现在的猫,看见老鼠吓得哆嗦。那时候的猫是很英勇的,一户人家养猫,一个院里不见老鼠,那时候老鼠也傻,听见猫叫就不敢出洞了,其实放开胆子,出来跑跑,也未必就有什么危险。

少时住在老城厢,小弟兄淘气,家长娇惯,什么活物都养。可以养鱼、养鸟儿、养猫、养蛐蛐,就是没养过狗。就是想养狗,家长也不会答应,为什么,此中还有些硬道理。

老城厢人家和睦相处,尤其贫富之间,平等相处。狗,势利眼,狗仗人势,旧时乞丐多,农村遇到灾害,乡下人就会到城里来讨饭,门外乞丐讨饭,养条狗扑出去,莫说是咬着人,就是吓着了,也算伤了和气。彼时老城厢人家对于乞丐是很有礼貌的,你可以不施舍,但不能恶言恶语,即使乞丐不反抗,邻居也会说闲话,这户人家对乞丐恶语相加,坏了名声,为人处世,朋友就不尊重你了。

老城厢老天津人,亲戚朋友,富贵的也有,贫寒的也有,狗眼看人低,富贵朋友来了,狗迎上去摇尾巴,贫寒朋友来了,狗扑上去汪汪吠叫,不厚道了。

老城厢狗少,和老城厢人的生活理念有直接关系。

旧时代虽然青皮混混横行霸道，但在老城厢里，这类混腥子没有市场，牵狗架鹰，被认为是一种不文明的行为。老实人养家糊口，没有时间养狗，富贵人家不可欺侮邻里，更怕养狗伤了和气。那时，就是在租界，也只是洋女人养狗，平时马路上也少见有人牵狗遛弯儿。

对于狗，老城厢有许多微词，狗眼看人低、翻脸不认人、狗脾气……如今常看见养狗的雅士牵狗遛弯儿，两位雅士见面说话，越说越投脾气，两只狗见面，初时极亲，一会儿时间咬起来了，打成一团，急得双方主人只好各自牵着自己的宠物"分道扬镳"。这在老城厢绝对是不多见的景象，为了避免这种狗打架的尴尬，老城厢以不养狗避免摩擦，如此倒也不失为上策。

少时生活在老城厢，同学中倒也有养狗的人家，但这些人家都将狗拴在后院，前面人来人往的信息绝对不会传到后院，所以养狗人家听不到狗叫，到同学家，也不怕狗。养狗，也有规矩，越过规矩，养狗实在是弊多利少了。老城厢狗少，但老城厢人对狗很讲"狗"道，俗语说"打狗看主家"，即使偶尔被狗追着，也不能轻易动武。过去"妈妈例儿"，发丧老人的时候，孝子要拿一根打狗棍，那是传说护送去世的老人过恶狗村的时候要拿打狗棍将恶狗打跑。生活中看见狗，不可随便就打，你打狗，主人出来了，又是伤和气的事，所以绝对不可轻举妄动。

如今生活时尚，养狗人家多了，据说可以排解寂寞，生活闲适，生活节奏又快，精神有压力，养条狗，调剂心情。小区里常看见有人牵着几条狗遛弯儿，狗跑得快，主人也呼哧呼哧地在后面跟着跑，如此倒是一种运动了。没有狗在前面跑，自己一个人跑，没劲。

养狗有益于生活，一套单元房，人狗共居，也是一种乐趣，晚上狗吠连成一片，听着也颇绕梁，再看小区花草间点点秽物，明年也是肥料。只是有一年小区里几户养狗雅士忽发奇想，各自将自家的宠物牵到中心空地来交配，引来小青年和孩子们围观看热闹，我看着实在不雅，但也没说话，只好自己躲开。保守老头儿观念落伍,少管闲事,也就是了。

(2008 年 2 月 14 日)

娃娃哥

母亲生了两个男孩,我是老二,上面有一个哥哥,但下面的弟弟妹妹称我三哥,直到今天,侄儿侄女也称我三叔,我的哥哥则被称为是二哥。为什么?我们家的大哥是一个泥娃娃,俗称"娃娃哥"。

泥娃娃何以成了娃娃哥,这要从源头说起。

旧社会婚姻观念,早成家,早生子,或者叫作早立子,生了儿子不算,更得立住。旧时代医疗卫生条件落后,孩子死亡率很高,天花、麻疹、肺炎,死亡率都非常高。生下男孩，立住男孩，这才是婚姻的最高使命。

但生育不是人的意志所能决定的，生男生女更是"天意"。于是想出了一个自我解脱的办法：到庙里去讨一个泥娃娃，当儿子对待，有了"哥哥"，下面的弟弟就跟着来了，"哥哥"负责保护弟弟们的平安，于是娃娃哥就成了家庭成员。

去哪里请这位娃娃哥呢？自然是妈祖庙了。于是妈祖庙里就准备了许多小泥娃娃，新婚女子来庙敬香，顺手拈一个小泥娃娃带回家去，无须多时，必定喜得贵子，家里就有了续香火的人了。

我的母亲在我们兄弟之前生过两个女孩，可惜没有立住，在我们兄弟出生之前就夭折了。早在生两个女儿之前，我的母亲在成婚后去天后宫敬香的时候，就由陪房"偷"了一个小泥娃娃，回来放到母亲的房里。在前面的两个姐姐夭折之后，这位娃娃哥才想起自己没有尽到应尽的责任，匆匆忙忙，就往我母亲身边先后送来了两个男孩，只是没想到，后一个男孩如此淘气，把一家人的日子搅得一塌糊涂。

娃娃哥每年要送到娃娃店去"洗澡",泥菩萨过河,自身难保,泥娃娃洗澡,岂不就变成一摊泥了?正是,就是要先变成一摊泥,然后再塑出一个新娃娃。这个新娃娃要比原来送去洗澡的娃娃大一岁,形体上有了变化,至于容貌,所有的娃娃哥都是一样的容貌,象征意义上的家庭成员,一个抽象符号。

娃娃哥非常神圣。小时候在炕头上玩,那时候没有电动玩具,最多就是一个娃娃,布娃娃、泥娃娃,娃娃哥虽然也是泥娃娃,但端坐在炕头上,神色严肃。母亲不许我们和娃娃哥开玩笑,若把一个什么东西扣在娃娃哥的头上,或者在娃娃哥鼻子上画个眼镜,那是要打屁股的。

娃娃哥很灵验,姑姑、姨姨家的孩子住下,母亲总要先嘱咐娃娃哥说,都是你的弟弟、妹妹,夜里不许吓唬他们。一个嘱咐不到,半夜表弟、表妹们就会哭醒过来,说是做了噩梦,梦见娃娃哥欺侮他们。有时表弟、表妹会掉下床来,吓醒之后,就说是娃娃哥把他们推下床的。

反正那时候我是不相信娃娃哥会淘气到这般地步的，一个只有一尺高的泥娃娃，他能有多大的力气，要想把一个七八岁的孩子推下床来，也得有一把子力气了，我趁他们睡着时暗使劲往下挤他们，一动不动，可重着呢。

关于娃娃哥，更有许多离奇的故事。二月二，天津人吃闷子，卖闷子的小贩走街串巷。有一户人家没有人出去买闷子，过了一会儿卖闷子的小贩在大门外喊叫："你们家的孩子吃了闷子，怎么还不给钱？"家里人一听，觉得奇怪，立即出来对卖闷子的小贩说，我们家的孩子上学去了，没有孩子出来吃了你的闷子。

卖闷子的小贩坚持说院里的孩子吃了他的闷子不付钱，家里人不承认，双方发生争执。最后，卖闷子的小贩闯到房里，一看，炕头上坐着一个泥娃娃。"就是他！"卖闷子的小贩认出吃他闷子的那个孩子了。

泥娃娃怎么会吃了你的闷子呢？家里人更是不相信，卖闷子的小贩一怒之下，将炕头上的泥娃娃举起来摔在地上，泥娃娃被摔碎，果然肚子里一堆闷子。

我估计，编这个离奇故事的，很可能是娃娃店的手艺人，将泥娃娃说得有了灵性，家家每年都要把泥娃娃送来"洗澡"，否则各家都把泥娃娃当作摆设，不肯送来"洗澡"，娃娃店的手艺人就没有饭吃了。

娃娃哥随着他的弟弟们一起长大，我看见过留胡子的娃娃哥，身穿长衫，端坐在椅子上，手里拿着烟袋，腰间挂着装烟丝的荷包，一派老人神采。据说娃娃哥要在他的弟弟们都谢世之后，才能由后人再送回天后宫，如此，他才完成了一生的神圣使命。

娃娃哥的故事已成过去，如今虽然没有娃娃哥了，但娃娃哥传说所表达的美好的祝福仍留在人间。

（2008年2月21日）

家法、戒尺、教鞭

戏曲《三娘教子》，小东家倚哥不肯读书，三娘王春娥苦心教育，一旁老薛保百般开导，最后倚哥表示悔过，唱道"头顶着家法跪至在母亲面前"，声泪俱下，甚是感人。

家法一词，如今已经非常陌生了，再也不是家庭须臾不可或离的物件了。未成年人保护法规定，对未成年人不可进行体罚，父母连打一巴掌的权力都没有，哪里还敢像《三娘教子》中的王春娥那样"手持家法将儿打"？一下子打下去，小倚哥跑到派出所，再提起诉讼，王春娥就吃不了兜着走了。

旧时老城厢的老式家庭，许多家庭都备有自己的家法，所谓家法，就是打人的工具。

家法，是用来惩处不肖儿孙的。

《红楼梦》第三十三回"不肖种种大承笞挞"，贾宝玉挨他老爸一顿臭揍，贾政命家人举起大板打贾宝玉屁股。大板，可能就是宁国府里的家法了。贾政一生就下过这一次狠手，家法是不可轻易动用的，没有正当理由，老爸可以训斥儿子，也可以打一巴掌，但动用家法，就得有个说法了。贾政打儿子，不光是因为贾宝玉不肯读书，也不是一般的淘气，而是因为惹下大祸，再加上贾环告密，说贾宝玉强奸夫人房里的丫头金钏，如此忍无可忍，贾政才下狠心，一定要把小孽障活活打死。

据说，旧日家法有许多种，最严厉的一种可以致人死命，到了我们这一辈，"家法"二字也已经淡漠了。据祖辈人说，原来的祖宗祠堂里悬着家法，就是吓唬后辈不可做下恶事。我曾在小说《蛐蛐四爷》一书中写过，小说主人公余姓人家的家法是一只牛皮手套，儿孙辈做下恶事，譬如把祖坟卖了，坟地里埋下宠物了，俗称坟地里埋狗了，那才能动用家法惩治做下恶事的儿孙。小说《蛐蛐四爷》中的牛皮手套，一巴掌可以致人死命。

社会维新，废除封建，致人死命的家法被扔进垃圾堆了，旧式家庭管教儿孙的凶器比原来轻多了。我们小时候随老辈人读书写字，老祖父的大书案上总摆着一把戒尺，一尺多长，二寸宽，半寸厚，极重，昨天留下的功课没有完成，不用心写字，老祖父就要用戒尺惩罚孙辈，当然也是象征性地打一下手心。据说真重重地打一下，小手也吃不住，花梨木的戒尺，可以把小手打成粉碎性骨折。那才真是要了孩子的命了呢。

小学读书，教师也带着戒尺，戒尺放在讲台上，每天发作业，那些不肯好好写作业的，就要挨一戒尺。教师一喊名字，淘气的学生就知道要挨戒尺了，一面向讲台上走，一面在裤线上摩擦手心，等着挨戒尺。有的教师严厉出名，打学生时真使劲，也有的学生真该打，教师让背书，一句也背不出来，教师再三教育，仍然无动于衷，没有办法，只能重重地打了。

我们读小学时，老城厢里还有私塾，据说私塾里先生打人是很厉害的。孩子学习不好，私塾先生又没有好的教学方法，就是打，一打就是几十板。私塾先生打学生，那是绝不手软的，而且越是狠打，才越是督促学生好好学习，家长越是感谢老师对孩子的教育。在私塾挨了打，打重了，手肿起来，回到家里，老娘心疼，有一个土办法可以缓解孩子疼痛，老娘早准备了生鸡蛋，将生鸡蛋放在挨打孩子的手心上，鸡蛋慢慢在孩子手心里烫热，如此才不至于毒火攻心，不至于落下后遗症。

现代小学，教师也打淘气学生，但不下狠手，教师有一支教鞭，本来是用来指着黑板上的字教学生读书的，遇到学生捣乱，信手拿教鞭在小秃脑袋瓜子上打一下，有时也疼得很。有的教师手狠，专门在教鞭头上镶一个圆球，打下去，那是要疼一阵子了。

但有一个规矩，打人不许打脸，打脸，那就绝情了，也就不给留活路了。《红楼梦》里王夫人一怒之下打了金钏一个耳光，就是打了一嘴巴，金钏无地自容，最后投井自尽，酿成悲剧。

家法、戒尺，早已经废除了，只有教鞭还有，但也绝对不许打学生了。朋友中有在学校工作的教师，常常抱怨说，如今学生可难管了，又淘气，又知自我保护，稍有触犯，就拿出未成年人保护法，教师只得暗自生气。

其实好孩子用不着管，我们自幼得母亲宠爱，在学校也得教师喜欢，从来没挨过教鞭、戒尺，我对孩子也从来没动过手。那时候在工厂，常听说有人在家里打孩子，还闹什么不打不行，我从来没打过孩子，孩子读书很知努力。现在他也有了孩子，夫妻两个更宠爱得如掌上明珠，莫说碰一下，稍不高兴，她还要示威呢。

惹不起了。

(2008年2月28日)

欺　祖

"欺祖"一说，年轻人已经不知道是什么内容了，其实从字面上理解，"欺祖"，就是欺侮前辈。词义非常明确，没有不好理解的地方。

一个人做事、生活，怎么会欺侮到自己祖辈人头上了呢？再说，祖辈人早就谢世了，也欺侮不着呀。

只是，"欺祖"一说，还有更深层的内容，包含着生活约束和伦理规范。

我们最早听长辈人教训不可欺祖，是从生活细节上开始的，譬如穿衣、吃饭都不可过于铺张。时代进步，生活水平提高，譬如长辈人做生意发点小财吧，到饭店摆一桌，鸡鸭鱼肉，大快朵颐，一饱口福，这时候，长辈人就会警示后人说，欺祖了，也就是生活享受大大超过祖辈人的水平了。如此也是提示后辈人，如此铺张只此一次，下不为例。

曾经有一种误解，以为旧时代有钱人家每天都要大吃大喝，生活极尽奢华之能事，这样的现象也许在一些文化缺失的家庭有过，天津人蔑称是暴发户，自然就被人看不起，用一个批评词，欺祖了。

老城厢人遵循中华民族优秀传统美德，穷不馁，富不骄，生活上一定要节俭。经济情况好，自然要提高生活水平，但不可铺张。我们小时候，家长最重要的教育就是爱惜粮食。对于一个富裕家庭来说，买粮食绝对不是最大的开支，那时候粮价很低，每月花在买粮食上的钱并不多，但粮价再低，也要珍惜粮食，那个浪费粮食最后遭到报应的故事，到现在依然家喻户晓。

故事说，一户有钱人家，每天洗米烧饭，却将洗米水和剩在洗米水中的粮食倒掉，污水流到隔壁人家，隔壁人家就将随污水一起流过来的米捡出来，洗干净，晒干，储存起来。后来那户浪费粮食的人家败落了，邻居就将这些年从他家倒出来的污水中积存下的粮食送回去，并且教育他一家人，就是因为旧日不知珍惜粮食，才有今天的报应。

"谁知盘中餐，粒粒皆辛苦"的教诲，培育了中华民族珍惜粮食的崇高美德，不似现在，大学食堂里，女学生要一份米饭吃一口就倒掉的不良现象实在让人看着不忍。前辈人若是还在，他们一定要指斥后辈人行为不端，实在是欺祖了。

一次在北京赴宴，席间主人要了一瓶酒，价位在万元之上，受到邀请的朋友为之惊叹，喝如此贵的酒，欺祖了。主人为了减轻客人的心理压力，告诉朋友们说，京城几位有名的款爷、公子经常来这里喝酒，人家不喝这个酒，人家喝"联合国"。怎么还有联合国酒呢？就是从世界上所有出产名酒的国家中都挑出一种最昂贵的名酒，比如法国的香槟、英国的威士忌、日本的清酒。再有就叫不出名儿来了，喝这样的一套酒，每人消费两万元。

造。

节俭是美德，欺祖是要受到谴责的，再到了"造"，就是罪过了。

不可欺祖，说到穿衣，旧时，小孩也不可奢华。天津人对于孩子的穿衣有自己的规矩：冬天，小孩棉衣不续新棉花，怕上"火"；夏天，孩子不穿绫罗绸缎，也怕上"火"，小孩就穿粗布衣。后来有了内衣、毛衣，冬天温暖，夏天凉爽，穿这类衣服，不算欺祖，后辈人赶上了科技时代，享受科技时代成果，没有欺祖之嫌。

欺祖，还有一种说法，欺主。

天津人爱喝棒子面粥，俗称棒子面黏粥。煮粥，各有千秋。一种煮法，玉米面粥里下籴籴儿，都是玉米面，彼此不分高低，身价平等。还有一种煮法，粥里下山芋，玉米面比山芋贵，玉米面是"主"，山芋就是"奴"了。玉米面粥里下螃蟹黄，是天津人特殊的一种吃法。螃蟹已经很贵了,只取螃蟹黄掺在棒子面粥里,喧宾夺主,老人们说,奴欺主了。

欺祖

(2008年3月6日)

闲　人

曾经写过一篇小说,《天津闲人》,读者反映尚好,还以这篇小说为主出版过一个选集,卖了几版,至今还有人向我索书,可惜一册存书也没有了。

旧时代,天津闲人多,老天津卫,更养闲人,如是,天津闲人才成了天津的一道风景。

顾名思义,闲人者,什么事情也不做的大闲人也。身无一技之长,手不能提篮,肩不能挑担,什么能耐也没有,只在市面上吃蹭饭。

这倒怪了，谁愿意养这类闲人呀，什么事情也不做，每天管他三顿饭，他一分钱也不交，至少，我绝对不会干这类傻事。

但旧天津卫，闲人饿不着，无论走到哪里都能吃上饭，还被当作上宾，有时候还有小酒侍候。

老天津卫何以养闲人，闲人自有闲人的本事。

旧时代，古玩界，就养着一大帮闲人。这类闲人整天坐在古董铺里，吸烟、喝茶、看报、拉闲嗑，什么正经事也不管，人来人往也不打招呼，他就是闲人一个。到了吃饭的时候，他大摇大摆地和伙计、先生们一起坐在餐桌上，拾起筷子，大碗喝酒，大块吃肉，一点儿也不客气。吃完，一抹嘴头，走人。伙计们送到门外，还得说，明天再来。

凭什么对他如此客气，连扫地、烧水的事都不干，就是白吃。

这就偶尔露峥嵘了。

古董铺来了卖家，抱着一件古董，掌柜接过来一看："哎呀，假的。"卖主自然不服："我祖父在朝里做官，我们家怎么会有假货呢？"掌柜说："对了，你们家才都是假货了，别人送的古董，能有真的吗？"没有办法，假货就假货吧，好歹给个价儿，五元，太难了，不卖。卖主抱着他的无价之宝走了。进了第二家，掌柜拿过来一看，大吃一惊："哎呀，你怎么把件假货抱来了？"给个价儿吧，四元五角，比上一家少五角钱。再去第三家，又少了五角，转一圈，最后没人要，白给都不要。

那时候没有电话，卖主也没看见古董铺里有人出去，消息如何串通的？

闲人。

闲人在古董铺里坐着，看见掌柜和卖主说话，起身告辞，卖主以为只是一个客人走了，其实闲人跑到下一个古董铺串通消息去了。卖主才走进第二家，闲人又到第三家去了，整个一条街，几十家古董铺，一口咬定假货，价钱一家比一家低。卖主不肯出手，抱回家去，也没人找你。过一段时间，卖主又来了。"唉，没想到我们家竟是假货，摆着让人笑话，扔了吧，怪可惜，给个价儿吧，上次您不是说五元吗？"掌柜立刻答话：

"五元不行了。看在老朋友面上，三元吧。"最后，三元卖了，那位卖主不是等钱使吗。

如此就看出闲人的使用价值了，市场经济，闲人是重要角色。

闲人不光是闲坐，有的事情还要求到闲人头上。

什么事情要求闲人？

老人有病，医生开出药方，人参、鹿茸，花钱可以买到，难办的是药引子，原配的蟋蟀，就像鲁迅先生小说写的那样，哪里去找呀？这就求到闲人头上了。

闲人也不敢大包大揽，只答应"访访"吧，自然是难呀，好在主家肯花钱，老人病重，没有原配的蟋蟀，就没希望了。

等呀，等呀，眼看着大限之期就要到了，原配的蟋蟀"访"到了，你说闲人该是何等的重要吧。

老天津卫，需要闲人成全的事情太多了，从原配蟋蟀，到古董铺收购无价之宝，再到茶壶配盖儿。一把大明的茶壶，壶盖摔了，太可惜了，求到闲人头上，一定能给你配一件来。你也奇怪，谱上写着，这件壶，天下只有一件，怎么就又找到一件壶盖呢？闲人也有说法，当年烧壶的时候，多烧了一件壶盖，一直由窑主收着。可要了大价钱了。

闲人的日子过得不错，收入也可观，但不是随便什么人都可以做闲人的，那要有真本事，什么杂学问都得精通。人家求到你头上，求一对原配的蟋蟀，你拿来了，一看，绝对两只蟋蟀，没有三尾巴腔子，两只都是雄性，露馅了，看不收拾你才怪。

（2008年3月13日）

吃主儿

吃主儿不同于美食家,美食家对于烹调有专业鉴赏能力,吃主儿就是一个口刁。美食家品位高,对于燕窝、鱼翅能说出道道儿来,吃主儿不论及燕窝、鱼翅,吃主儿只在锅巴菜、煎饼果子上说三道四,进了大饭店,吃主儿就傻了,他也"刁"不上来了。

做生意的小贩说"吃主儿",只是一种恭维,不伤和气,不抬杠。小时候早晨上学,每天都要去豆腐房吃早点,有时提高水平,来碗锅巴菜,或者买套煎饼果子。

早点铺里，煎饼果子摊前，常常会遇到挑剔的吃主儿。他们和小贩都熟悉，不叫姓名，直接叫绰号："老六，今天锅巴白面多了。"表示用料不地道了，锅巴菜里的锅巴应该以绿豆面为主，配料有一定比例，小贩想降低成本，多放白面，味道就不对了。

煎饼果子也能挑出"刺"来，"老四，今天煎饼摊得不一般厚"。小贩连连点头称是，保证明天一定精心制作。其实，煎饼的薄厚不匀，对于口感并没有大影响，但遇见吃主儿，他就挑剔，小贩就得接受批评，明天他再来，好好摊一张厚薄均匀的煎饼。

正餐，吃主儿不去登瀛楼、惠罗春，吃主儿就去小饭铺，最得意，要一份爆三样。爆三样上来，才下筷子，毛病就挑出来了，腰花老了，肉片不嫩了，口酸了，反正就是不可口。饭铺掌柜立即过来侍候，怎么说都好，反正不会给他再换一盘，好歹哄着吃了，结账时一分钱不少要。吃主儿也不纠缠，显摆的是个"口儿高"，表示咱爷们儿吃过见过。

难侍候的吃主儿可谓刁钻，我遇见一位吃主儿，真让饭铺掌柜头痛。

那一次,在耳朵眼炸糕铺,炸糕上来,这位吃主儿没有意见,吃过炸糕,又要了一碗杏仁茶。杏仁茶送上来,吃主儿"翻"了。"不对,我要的杏仁茶,你怎么送上来八宝面?"服务员解释,今天没有杏仁茶,只能用八宝面代替。"不行。八宝面不合胃,我要的就是杏仁茶。""没有杏仁茶,给您退钱行不行?""不行,我今天就是为杏仁茶来的。"大闹一场,今天没有杏仁茶,好像他就不活了。

最后,一位老人出来解劝:"这位吃主儿,还记得'三年困难时期'吗?"

吃主儿不说话了,付了钱,乖乖下楼走了。

吃主儿难侍候,其实就是"遮理",也没多少钱,也不进大饭店,就在小饭铺挑刺儿,不闹一场事,这顿饭吃不舒服。

还有一种吃主儿,不闹事,就是闷头吃。

一次在早点铺,一位吃主儿冲着坐在旁边的人说:"瞧见了吗,一套煎饼果子,俩鸡蛋,两个果子,小碗豆腐脑，大碗盛，最后一小碗浆子，冲个蛋花儿，吃主儿！"很是得意，表示他会吃，其实没花多少钱，那还是低物价时期，加在一起，一元钱，得意非常了。

旧时饭馆侍候吃主儿有一套办法，绝对不让吃主儿挑出"眼"来。红烧鱼，当场提条活鱼请你过眼，点头了，当场摔死。回到厨房，剥鳞，油炸，出锅后，厨师一手托着刚出油锅的鱼，一手端着炒勺，一路小跑，跑上楼来，鱼放在桌上，炒勺提起，挂汁倒在盘里，听的是一声刺啦。吃主儿再遮理，也没话说了。

美食家，自己谦称也是吃主儿，恭维他是美食家，他说"不敢，不敢"。其实他们的品位极高，挑得也很是地方。过去天津有一位美食家，一言九鼎，大饭店总请他去品尝菜品，只是这位老先生执拗，不会顺情说话，厨师精心烧好菜肴，请他品尝，一下筷子，当场就喊："这叫嘛呀，这玩意儿还上桌！"搞得大家都不愉快。

一次和这位老先生同桌，老先生对我说：知道四喜丸子吗？怎么就叫四喜丸子，厨师双手团一个肉丸，左手右手，要倒一百下。倒一百下和倒九十下，味道就是不一样。

我的天,服了,莫说倒一百下和倒九十下的区别,你就是一下也不倒,我也吃不出来。

真正的吃主儿,就是这么高的品位。

(2008 年 3 月 20 日)

五大家

　　幼时，家境尚佳，一家人住着一套大四合院，红漆大门，院门外有拴马桩、停轿台，虽然从来没看见拴过马，更没看见停过轿，只是一种昔日荣华的象征。走上高高的台阶，长长的门洞，门洞一侧长长的条凳，褐色，极重极重，全院里所有的孩子一块使劲儿，也休想移动半步。现在想起来可能是硬木条凳，留到现在，少说也能卖几万元，后来不知去向了。

　　走过影壁，二道门，正院里有北房、东西厢房，侧面有一条小通道，通向佛堂。就在佛堂角落里，有一座小石庙，半米高，有门，有窗，里面还有几尊小佛像，逢到节日还摆上供品，也不是什么值钱的供品，就是谁都不吃的喜字果子。摆过之后，第二天就没有了，想来一定是被猫儿鼠儿吃了。

莫看这座小佛堂像个玩具，家长千叮咛万嘱咐孩子不可骚扰，更不可往里面塞东西，不可惊扰了里面的神位。当时不明白这是个什么佛堂，明明后院有一座佛堂，里面供奉着祖宗神位，怎么佛堂外面还有一座袖珍佛堂呢？渐渐长大，家长才告诉我们说，那是一座供奉五大家的佛堂。

五大家，俗称五大仙，包括狐（狐狸）、黄（黄鼠狼）、白（刺猬）、柳（蛇）、灰（老鼠），被人们认为是有灵性的小动物。它们与人为伴，繁殖快，数量多，给人类的正常生活造成了影响，但人类不愿犯除四害之类的愚蠢笑话，于是五种小动物就被中国人敬奉为五大家了。

过去人口少，在我们年幼的时候，天津也只有几十万人，大户人家都有自己的四合院。许多四合院空空荡荡，一些房子长年不住人，如此就给小动物提供了生活空间。我小时候常看见院里跑刺猬，我家老宅屋檐下还出现过蛇，吓得一家人都不敢出房门。记得一天晚上，有人发现屋檐下一条蛇探出小脑袋，吐着长舌，甚是怕人。老奶奶嘱咐说，各房里的女孩子千万不要到院里来，还吩咐佣人点香，祈求蛇离开我家，只向蛇祷告，家里女孩子多，怕"冲"了尊家的仙气，还是请尊家早早离开吧。

也不知道家里佣人是如何折腾的，过了一会儿，外面说神仙走了，解除了五大仙下界的警报，即使如此，那一晚上孩子们也没敢出屋子。

至于黄鼠狼骚扰民宅的事，那就更屡见不鲜了。

旧时，天津人家都养鸡，养鸡自然是为了产蛋，再一方面，家家户户孩子吃饭免不了要剩碗底儿，桌上地上也会落些米粒，养几只鸡，不费时间，没有成本，菜帮、剩饭，就是饲料了。院里养鸡，都有鸡窝，晚上还要照看好，最担心的事情就是黄鼠狼拉鸡。黄鼠狼拉鸡，不把鸡拉走，拉走了它也吃不了，黄鼠狼拉鸡，只将鸡咬死，把鸡血吸净，它就饱了。我幼时遇见过黄鼠狼拉鸡的事，夜里就听见鸡窝里一阵扑通，鸡咯咯地叫着，发出惨烈的声音。家里人赶紧往院里跑，黄鼠狼拉鸡了，跑到外面已经晚了，鸡早被黄鼠狼咬死了。

在农村，黄鼠狼拉鸡的事，几乎每天晚上都会发生，那时候黄鼠狼真多，夜里总听见院里发出奇怪的声音，实在可怕。

黄鼠狼爱模仿人的动作。天津老宅常常发生黄鼠狼恶作剧的怪事。据老祖母生前对我们说，一年除夕，一家人包好饺子，在正房里说话，佣人悄悄向老祖母报告说，厨房里包好的饺子不见了。老祖母迷信，嘱咐佣人千万不可声张，立即重新包饺子，原来包好的饺子，一定是被仙家"拉"走了。

我家老祖父崇尚科学，事后他坚持认为是家里的佣人把饺子运走了。春节过后，老祖父辞退了所有的佣人，也是巧合，家道从此没落，最后真到一蹶不振的地步了。

五大仙的传说很多，我家一位亲戚，住着一座大四合院，祖辈上做过官，院里有旗杆。后来院里不安宁了，一天早晨高高的旗杆上顶着一个窝窝头，主人吩咐佣人用长杆挑下来，第二天早晨，旗杆上又顶着一个窝窝头。如此反复。这位亲戚觉得院里不干净，一气之下将这套四合院卖了，自然没卖个好价钱，没有人买，最后出来个人，好歹给点钱，就兑出去了。

我家老祖父不信邪祟。我家老祖父说，什么邪祟呀，他家儿子赌博，输了钱，把四合院好歹押出去了。为了逼老爷子卖房，就每天往旗杆上挑一只窝窝头，老爷子看见宅院不肃静了，一怒之下，卖房，一套四合院，好歹给点钱就出手了，绝对中了坏蛋儿子的圈套。

(2008年3月27日)

抽签儿

卖吃食的小贩,走街串巷,主要主顾是大小商家。无论什么肥卤鸡、什锦烧饼、酱肉,包括野鸭、大雁、驴肉,每到下午就一个个地出现了。

这类小贩,提着大提盒,里面放着货物,沿街叫卖,"肥卤鸡""什锦烧饼"。这时,正是西方人喝下午茶的时候,中国人没有下午茶习惯,午后有了一点儿饥饿感,花点零钱,买种小吃,也是一种享受。

旧日小贩为了吸引主顾,还带着一种小赌博,抽签儿。

其实这是一种游戏，玩的是一时高兴。抽签儿，如今的年轻人没有见过，小贩带着一截竹筒，里面放着108根竹签，类如女士们打毛衣的扦子，极细，两头尖尖，签子一端刻着各种各样的小点点，按照牌九的格式，从1点，到12点。小贩带着签子，逗引买东西的主顾，一只卤鸡5元钱，抽一签儿5角钱，共抽出3根竹签儿，加在一起够23点，赢一只卤鸡，不够23点，也不白要你钱，给你一支卤味串，或者一个鸡爪，或者半个鸡蛋，或者一只田鸡腿，还有点儿什么，反正不值5角钱。

买东西的人贪便宜，都过来抽签儿，5角钱就能吃一只肥卤鸡，太划算了。小贩们更乐得人们抽签儿，我看见过那些抽签儿玩的人，从来没看见有谁赢过一只肥卤鸡，绝大多数，只能得一支卤味串，5角钱抽一次签儿，得到的东西只值3角钱，小贩们占便宜了。

抽签儿游戏的气氛是十分热闹的。小贩将竹筒在手里用力地抖，让签子上下跳动，表示每根签子都可以抽出来，只看你手气好不好。抽签儿的人更是神气十足，先抓一把签子,然后用力一抽,从竹筒里抽出3根竹签儿,还要将有点儿的一端用手拢住,似是怕天机泄露。在手里捂一会儿,突然一亮,呀,不够23点,手气不好。小贩撺掇你再抽一签儿,又是5角,22点,还是不够。拉倒了,掏5元钱,买只卤鸡,一共花了6元钱,图的是个乐儿。

后来在工厂劳动,结识了各类朋友,其中一位朋友告诉我说,他就是靠着一副签子,养活了一家人。没有一分钱的本钱,不做什么生意,就是一筒签子,养着一户人家,说来也是天津趣事了。

这位朋友一副签子怎么就养活一家人了呢?

每天下午,天津人开始向"三不管"拥去的时候,他拿着一副签子来到"三不管",看见一个卖卤鸡的小贩,站到旁边,套近乎,"凑个热闹"。帮助卖卤鸡的大声吆喝,"肥卤鸡呀"。很卖力气,卖卤鸡的小贩自然不会反对,有个人帮助吆喝,也不要报酬,有什么不可以的呢。

吆喝着,买卤鸡的人过来了。看见有人要买卤鸡,拿签子的人凑过来，抽签儿吧，1角钱一签，23点，一只大卤鸡。有人贪便宜，伸手向竹筒里抓签子，抓住几根签子，用力一抽，抽出3根，一看，不足23点，输了，拿一支卤味串，走了。还撺掇那个买卤鸡的人，再抽一签儿。这次，价钱高了，2角钱一签，够23点，两只肥卤鸡，一连抽了多少签儿，都不够23点，卖卤鸡的也没赔生意，倒招来许多路人围观，还卖出几串卤味，好歹也是生意。这位朋友看着差不多了，向卖卤鸡的小贩表示感谢，还给一点点报酬，回家了。那时，我问这位朋友，你怎么保证每次抽出来的签子都不会超过23点呢，万一抽到23点，你不就赔了吗？

这位朋友告诉我，一筒签子108根，关键的几根用马尾系在筒子底儿上，虽然能看见跳动，但是抽不出来，抽出来的3根签子，永远到不了23点，就是这么点儿猫腻。

可是，遇见好事之徒怎么办呢，他抽了几签，怀疑有诈，一定要把竹筒倒过来，你不就露馅了吗？

对了，这就是本事了，看见好事之徒过来，绝对不撺掇他抽签儿。谁是好事之徒？军警宪政，大襟上别着牌牌的，歪戴帽子的，看着不像是老实人的，一切惹不起的爷，都是好事之徒，他们就是故意找麻烦来的。一定要抽，先好言相劝，爷，你忙，看着卤鸡好，我孝敬您一只，抽签儿是小孩子的游戏，您玩，失身份。好事之徒，白拿一只卤鸡自然就走开了，不就是图小便宜吗？这一天，就算白忙活了。

(2008 年 4 月 3 日)

天津盐商

天津的制盐工业，不仅在国内，在全世界也占据重要地位。早在天津城市形成之前，沿海滩涂到处是制盐作坊，慢慢地，这些作坊四周开始聚集许多居民，形成零散的制盐社区，再后来就逐渐形成早期的天津城市。

明清时代开始，制盐业开始集中，贩盐出现垄断，朝廷看到制盐、贩盐的巨大利润，开始制定法律，将制盐业和贩盐业收归国有，并派出官员负责管理，给制盐、贩盐者颁发执照，从此出现了官盐和私盐的区别。官盐，得到官家颁发经营特权的工商业，得到政府保护；而制造私盐和私自贩盐，都要受到严惩。

天津盐业，元代时已经初具规模，到了明代，制盐、贩盐已经成了天津的支柱产业。明代时长芦盐，已经成了一个品牌。明代洪武二年（1369）朝廷设立盐运使司，对制盐、贩盐实行集中管理。彼时，长芦盐以"引"为计量单位，每"引"250斤，彼时长芦每年产量18800引，折合产量2350吨，满足了全国消费。

制盐、贩盐创造了可观的经济效益，明清两代，全国每年税收4000万两白银，而制盐、贩盐的税收约400万两白银，占全国税收金额的10%，可见制盐、贩盐在彼时中国经济生活中的重要地位。

朝廷为了对制盐、贩盐加强管理，将权限收归国家，不仅制盐要有朝廷的允许，贩盐也要由朝廷批准。盐主向朝廷缴纳巨额贡银，取得制盐权，盐商更要以巨额贡银取得贩盐权。盐商的贩盐权是有限定的，贩盐多少，经营地区在什么地方，绝对不可超越朝廷的限定，越过限定，则以贩私盐论罪。无论是制私盐，还是贩卖私盐，一经发现，格杀勿论，一点儿斡旋的余地也没有。

制盐、贩盐为朝廷创造了巨额的税金，制盐的盐主、贩盐的盐商更获得巨额的利益。天津将取得朝廷批准的贩盐商人，称为盐商，天津盐商几年时间聚敛巨额钱财，在天津形成了盐商效应。他们左右经济，干预政治，其中也有一些人热心慈善，附庸风雅，赞助文化事业，收集艺术品，"养"书画家，对于发展天津文化艺术事业留下了历史财富。

制盐、贩盐，属于垄断行业，利润巨大，官商勾结，剥削残酷，明清两代盐商形成强大势力。朝廷对此百般戒备，不仅戒备盐商干预政治，还规定盐商后人三世不可入科举，断了盐商后人的官路。

天津几位大盐商，原籍多在江南，他们先向朝廷纳贡，取得贩盐特权，然后迁居天津，只等着日进斗金，闷头发大财了。

盐商们发了财，尽兴享受，自然先是兴建庄园。天津有名的水西村，为清代天津盐商巨富查日乾、查为仁父子所建。查家祖籍安徽，祖上移居浙江海宁，贩盐致富。明王朝建都北京后，海宁查家的盐务拓展至京津一带，并在商务与仕途上兼有发展，成为京城豪富，显赫一时。

水西村占地数百亩，园内楼宇亭台，错落有致，假山流水，花圃草地，树木成荫，俨然一座宫廷花园。查姓家庭住在水西村里，自然享尽荣华富贵，到底他们还信仰儒家学说，有了财势，附庸风雅，为本地名士提供了一个安心艺术创作的环境，类若现在的创作基地，而且还养着许多民间艺人，为他们解除温饱之忧，使他们能专心从事艺术创作。据老辈人对我们说，天津的刻砖艺术能够发展成熟，水西村功不可没。水西村里就养着一批刻砖艺人，以装饰园林为业，为水西村主人刻砖雕花，如此多少年在水西村里劳作，后来成就了不少的刻砖名家。

水西村还是天津书画家云集的地方，类如后来的画院。水西村主人以礼相待，供给膳饮，提供文房四宝，请画家们专心创作，而且收购名家作品，收为珍藏。

水西村不仅为天津书画界的发展做出贡献，还为天津餐饮业留下珍贵财富。水西村主人每天宴请宾客，如此就创造了许多名馔，现在的天津菜系，许多名菜就是当年水西村的菜品。

天津盐商发了财，到底没忘奉献社会。天津盐商发了财没有移居国外，没有买官，没有横行乡里，反而教育后辈读书做人。天津查家的后辈，一些人成了著名作家、教育家，20世纪50年代，查良铮（穆旦）先生在南开大学任教，我还有幸去拜访，虽然只有一面之雅，但留下的深刻印象，至今难忘。

（2008年4月10日）

架子工

架子工,身怀绝技,个个英雄,人人好汉,在天津人的心目中,架子工是天津的骄傲,曾经在天津盛行一时。

顾名思义,架子工就是搭架子的工人。搭什么架子?旧时没有吊车,几十米、上百米的高层建筑,要维修,怎么办?就得先从外面搭起架子,工人爬上去,在上面操作。

架子工工作的场面是十分壮观的,最低一层架子搭建的时候，架子工将竹竿立起来，再用横竹竿绑牢，这时一个架子工蹬上去，第一层的架子工将竹竿送上去，再用竹竿绑好，再上去人，从下面送上去竹竿，绑第三层。如是，一层层地往上绑，一直绑到十几层，每一层架子上站着一个人，将下面往上传的竹竿送上去。一条胳膊横挎在横竹竿上，一条胳膊夹着竹竿，竹竿在架子工的胳膊间往上蹿，看着真和杂技表演一般，协调，有节奏，动作利索，还有人喊着号子，每次都引来市民围观。

老天津有句俗话，搭天棚的不用梯子。天棚，如今的青年人不知道了，我们小时候，家里院子，每到夏季还要搭天棚，天棚有好几种，价钱最低廉的就是席棚，阳光太强的时候，将席拉起来，给院子遮一片阴凉。稍微富裕些的人家，搭玻璃天棚，是那种既透明又遮光的雕花玻璃，还能遮雨。天热的时候，回家一进大门，很是凉爽，再到屋里，就更舒适了。那个年代没有空调，夏季人们在室内依然要衣衫整齐，最热的天气，也就是一把折扇，很少有大汗淋漓的尴尬相，天棚的作用实在不可小视。

天津老宅院院墙很高，一般人家院墙也要超过4米，这么高的院墙，不用梯子怎么可以搭天棚呢？这就是能耐了。

架子工登高，不能用梯子，蹬着梯子上房，外行了，就是两只手，扒着墙角，两只脚，一跳一跳，沿着墙角就蹬上去了。旧时电灯房师傅，修理电灯，爬电线杆，脚上套着一对铁钩子。让架子工爬电线杆，不用铁钩子，就是空手道，扒着电线杆，蹬着电线杆，一跳一跳就爬上去了。架子工看不起电灯房师傅，原因就在这里。

架子工身体条件极好。看过一部希区柯克的电影，一位先生患恐高症，站到屋檐上，吓得双腿哆嗦。天津架子工，无论多高的地方都不怕，双腿绝不打晃。过去工厂的大烟筒，几十米高，安装时顶部要站上一位师傅，下面的人听他的指挥固定地基。他站在几十米高的烟筒顶上，什么保护设施也没有，就是凭借身体感觉摇动手里的小旗，下面施工的师傅，这边紧紧，那边移移，最后安装完毕。据说上边的感觉也是晃晃悠悠。所谓的一动不动，其实只是最佳感觉。

天津架子工辉煌的时候，出过登高英雄杨连弟，作为铁道兵在建桥修路中立过功，几十米，甚至上百米的铁路桥，就靠架子工先登上去，在上面抢修。登高英雄杨连弟，最后牺牲在朝鲜战场。

我看见过天津解放桥修桥时搭的工程架子。搭架子的时候，海河两岸万人围观，只见大桥上架子工们蹬着桥架，身子悬在大河上，看着真是危险。架子工们一点儿也不紧张，人人从容，很快，一副修理架子就搭好了，从桥面到桥顶，架子将一座大桥包起来，如是才开始修桥。

武侠小说中的飞檐走壁，武打电影中的蹿房越脊，玩的都是特技，但中国架子工的徒手作业，那是堪称世界一流的。那时候没有起重吊车，没有消防队的云梯，架子工在进入高科技时代之前，真是大显身手，立下的汗马功劳，无法代替。

架子工，世代相传，男孩子自幼跟随长辈学艺，进门本事，走单梁，单梁的宽度，约是一只脚的宽度，高度，最低十几米，逐渐增高，最后到上百米，算是出师了。架子工老师傅告诉过我走单梁的要领：第一，双目平视，眼睛绝对不许向下看，向下一看，心慌了，那就失去平衡了。第二，手里拿一件有重量的东西，随便什么东西都行，一把斧子，一把锯，一根扁担，只拿在一侧手里，用来平衡身体，走在单梁上，身体稍稍感觉有点儿失衡，就将手里的东西动一下，立即找回平衡，绝对不会失足。要知道，平衡木上失衡，最重就是跌下来，走单梁失衡，那就是大事故了。

随着技术进步，登高有了升降机、云梯等机械设备，速度快、安全，再也不用架子工的简单劳动了。如今架子工的技术似乎也失传了，工业进入高科技时代，原始技术没了用武之地。

如今倒出现了一种极限运动——跑酷，这类极限运动爱好者也喜欢爬高，法国的埃菲尔铁塔，美国的摩天大楼，什么工具也不用，挺身就爬上去了，爬上去什么也不干，玩。你说多大的乐趣吧。

（2008 年 4 月 17 日）

佛心儿

马三爷相声《佛心儿》,说脖子上有个臭虫,咬得好痒,捏出来。您把它捻死了?我佛心儿,正好旁边一位胖子,我把臭虫放进他衣领里了。

您真缺德。

老城厢人推崇佛心儿,不一定是佛教徒,也不一定烧香磕头。佛心儿,是一种人生追求,上面马三爷说的佛心儿,因伤害他人而不足称道,但在生活中人应该讲点佛心儿。佛心儿未必济世,但佛心儿让人善良,有助于创建和谐社会，应该提倡。

老城厢有许多佛心儿的传说，故事的主人，大多是老奶奶、老爷爷，这类人心地善良，以自己的佛心儿帮助世人，留下了许多美好的传说。

一位老奶奶，真有其事，还是我的一位长辈，佛心儿。这位奶奶信奉佛教，家里设有佛堂，每天晚上要到佛堂去做功课，就是去念经文，平时还请人来讲经，至于做善事，那更是心诚意诚了。

老奶奶每晚在佛堂做功课，家里人已经习惯了，不等奶奶回房，一般人早就睡下了，只有儿媳妇还侍候着。一天晚上，奶奶在佛堂做功课已经到了深夜时分，就听见院里一声巨响，扑通一声，一个重重的东西从房顶上掉了下来，把一家人从梦里惊醒，大家立即跑出来察看，原来一个人从房顶上摔下来了。

什么人半夜三更会从人家的房顶上摔下来呢？自然是小偷了。家里人立即围上来就要动手，那个摔在地上的小偷吓得跪在地上求饶。这时候，老奶奶从佛堂出来了。看见儿孙们在院里围着一个人，老奶奶挥手告诫儿孙辈不可动手,还过来询问那个从房上摔下来的小偷:"哎哟,孩子,半夜三更的你上我们家房顶做什么呀?"真是玩笑了,半夜三更从房上摔下来的,能是好人吗,先打一顿再说。老奶奶佛心儿,不许儿孙辈打人,还好言好语地询问小偷:"没摔着哪儿吗?唉,怪可怜的,给你几个钱上医院好生查查吧。真伤着筋骨,可要好好养些日子,好了以后,再不要半夜三更爬人家房顶了。"说着,老奶奶吩咐家人给小偷几个小钱,还开了院门,将小偷放走。

这就是佛心儿。

老城厢人的佛心儿,也在培养人们的善良天性。我们小时候,赶上阴天,蚂蚁爬出来觅食,两堆蚂蚁"打架",孩子没有佛心儿,拿一壶开水就往蚂蚁堆里浇,一下,数不清的蚂蚁一起死掉了。老人们看见就劝孩子们要有佛心儿,不光不能用开水浇,还得拿来干饽饽,搓成末末,喂蚂蚁。蚂蚁们有了食物,自然就不再打架了,数不清的蚂蚁争相搬食,不多时也就和平相处了。

不要将这类的佛心儿只看作是儿戏,自幼培养孩子善良天性，对于一生成长极为重要，至少我们那一代人不虐待动物，你可以不养宠物，但不可以虐待动物。常常看到报上消息，说是一位老人收养了多少只流浪猫、流浪狗。将宠物放逐的人家应该受到谴责，收养流浪宠物应该得到赞扬。

小时候，几个孩子捉到一只鸟儿。正在玩耍，一位老人走过来，他要看看是只什么鸟儿。谁料，老人将鸟儿握在手里，突然叫喊，它咬我，它咬我，说着松开手，眼看着大家好不容易捉到的小鸟儿，从老人手里飞跑了。

日后，我们长大，才明白那位老人真是一片佛心儿了。

（2008 年 4 月 24 日）

第三辑

沽上说吃

子　蟹

螃蟹种类繁多，这里只说天津人独享的子蟹。

子蟹也称紫蟹，紫蟹没有讲究，也不如子蟹通俗，还是称子蟹为好。

顾名思义，子蟹有两层含意。第一，子蟹个儿小，只有老钱币中的铜子儿那样大，天津人称作螃蟹花子，上不得高台面。第二，子蟹有"子"，也就是螃蟹黄，还得是满满的一壳，如此才配称作子蟹。

子蟹本来生在河沟边儿上，是螃蟹最后孵出来的一代小蟹，不等长大严冬到来，螃蟹的生长期结束，这类小螃蟹就钻到泥里，等待来年春天冰河解冻，它再开始生长。这样到了中秋，正是菊黄蟹肥，那就是有名的大闸蟹了。

寒风乍起，小螃蟹入泥冬蛰，这时，子蟹只有一层薄薄的躯壳，没有一点儿蟹肉，捉来，没有一点儿味道。天津人视为美味的子蟹，那是要经过一段时间喂养的。天津老户人家，每到冬天将至，都要买好多子蟹，不能立即吃，要放到坛里喂养。喂养子蟹也不需要任何技术，只要在坛里夯实黄土，再保持坛内潮湿度就是了，也不用什么饲料，土层上撒一把高粱，足够一坛子蟹吃到春节的了。

喂养子蟹的坛子一般放在外房大门后面，家里宽敞的也可放在厨房里，反正不能太热，也不能太冷，只要冻不死、热不死，子蟹的生命力是很强的。小时候淘气，动不动就要掀开坛盖看看坛里的小螃蟹，看它们欢欢实实地在坛里爬来爬去，甚是开心，看着看着出坏招儿了，往坛里灌水。第二天再看，泥面上死了一大片，呛死了。

子蟹很少直接烧菜,天津人喜欢吃子蟹白菜,但那不是正宗的子蟹,正宗的子蟹要到春节前才够成色。所谓成色,就是养得够肥了,子蟹黄成熟了,个个顶盖儿肥,蒸熟之后,剥开,满盖儿的蟹黄。子蟹用来入菜的就在那一堆蟹黄,没有多少蟹肉,也没办法剥,大多就扔掉了。

天津旧日有专门卖蟹黄的小贩。这类专业户,就是养着子蟹,等子蟹长肥了,剥出蟹黄,沿街叫卖。有的家庭自己不养子蟹,烧菜要用蟹黄,就向这类小贩买。我看见过的,蟹黄剥得完整无残,一块一块极是好看,剥蟹黄可能也有技术,我们自己剥出来的蟹黄不可能这样整齐。

蟹黄的味道极鲜美,一般用于烧蟹黄狮子头,最常见的吃法就是包三鲜馅的饺子,除夕夜,天津人吃饺子,没有蟹黄,就是不够水准。

说到除夕夜的饺子,天津人是愈肥愈不嫌肥。平时常说的一个"肉丸儿",饺子馅没有一点菜,到了除夕夜,就上不得高台面了。除夕夜的饺子,应该无与伦比，肉馅退避三舍，只能充当配角，须有海参、虾仁。海虾不得入馅，平时天津人最喜吃的大对虾，到了春节就受冷落了，一定要淡水大虾，还不能剁得太碎，要一只饺子馅里有一块虾肉。虾仁、海参、肉馅、青韭，都备齐了，只缺一样——蟹黄，还必得是子蟹的蟹黄。现在超市卖的冷冻蟹黄，对不起，那是海螃蟹的蟹黄。海螃蟹正名叫梭子蟹，旧日天津不得上席，平常人家也很少有蒸一锅梭子蟹的，不雅。再到了除夕夜，饺子馅里入梭子蟹的蟹黄，老赶了。

　　子蟹，身价非同寻常，每年除夕夜能有子蟹蟹黄入馅，天津人说话，"口儿"就太高了。

（2002年5月25日）

银 鱼

《清稗类钞》中关于天津银鱼的记载共有三处，文字不多，无妨抄录于此，以飨读者。

"天津银鱼：天津银鱼，长几满尺，向以产监政署前河中者为最，即后之北洋通商大臣署也。亦可裹致京师。津人每置之火锅中食之。"再一条："煨银鱼：银鱼以鸡汤煨之，加火腿丝、肉丝、笋丝。"第三条："炒银鱼：银鱼炒食最嫩，干者泡软，以酱水炒之，亦佳。或以鸡蛋同炒之。"（注：监政署，旧天津河北的一处官衙。监政署前河中，指现在金钢桥下河中。)

天津银鱼产于天津河北区的三岔河口，是唯有天津人才享受得到的口福。旧日市井鱼市，都将银鱼摆在抢眼处，一大木盆新鲜银鱼，旭日下闪着粼粼的白光，看着就觉鲜嫩。最好看的，是银鱼的眼睛，活活一对小黑点，比芝麻粒还要小，镶在尖尖的鱼头上，将雪白雪白的银鱼装点得玲珑剔透。

天津人称银鱼为"面鱼"。面鱼一说指的是银鱼的肉质嫩软，形状类若短短的面条，又是通体的白色，看着就和精白面粉制作的一样，再加上"银鱼"二字叱喝起来也不上口，于是，银鱼到了天津鱼市，就改名为面鱼了。

面鱼有许多种吃法，最常见也是最方便的吃法就是面鱼托儿。面鱼托儿，是新鲜的面鱼和鸡蛋调在一起，"俏"上少许韭菜，摊成"托儿"，既保有银鱼的鲜美，又有鸡蛋的清香，吃起来甚是爽口。吃面鱼托儿，要夹新烙出来的家常饼，一张薄薄的家常饼，夹一只鸡蛋面鱼托，才是天津人独享的口福。

20世纪50年代末期,银鱼绝种了,以产银鱼出名的老监政署,也就是金钢桥下的三角地带,再也看不见银鱼的踪影了。河水污染,莫说是银鱼,连泥鳅都不得多见了。

到了80年代的中期,天津市场又看见银鱼了,是冷冻的,一板一板,确实是银鱼,就是个头儿小得多。和原来天津人记忆中的银鱼比起来,应该是孙子辈的了,听说还是南方的。

这样的银鱼,虽有银鱼之形而无银鱼之质,买到家来解冻之后,倒也是一条一条比大头针稍大些的小鱼,但无论多高的烹调技术,也不知道怎么才能烹调出银鱼的味道。我试过,传统烹调方式,面鱼托儿,可惜我那几只鸡蛋了。摊出"托儿"来,那种被称作小银鱼的家伙在嘴里作恶,莫看鱼小,鱼骨却极硬,吃进嘴里,活赛是吃了半盒大头针,饶命吧,我算认识新银鱼的厉害了。

没过多长时间,东丽区请我们几个作家去东丽湖做客。在一家酒店里,席间突然上来一道大菜,银鱼。哎哟,天津籍。

作家们呆了。

面对如此惊讶的老乡，东丽区的朋友告诉大家，东丽区为了发展旅游业，挖了一个人工湖，放进一些鱼苗，准备来日游客们到此休假时得享垂钓乐事。只是没有想到，一天，人们发现湖里出现了一种长长的鱼，圆圆的体形，雪白的颜色。年轻人查资料，以为出现了新鱼种，老人们一看，认出这就是已经绝迹多年的银鱼。

天津银鱼，天下驰名，史籍留下清人崔旭名诗："一湾卫水好家居，出网冰鲜玉不如。正是雪寒霜冻时，晶盘新味荐银鱼。"可见，银鱼也是天津的一道风景线了。

(2002年6月8日)

老　汤

卤鸡、卤肉的入味，靠的全是一锅老汤。

旧天津卫，制作卤鸡、卤肉，全是民间作坊，就在民家的大院子里，一个大灶，一口大锅，将鸡或者是肉放在锅里，下齐作料，就开始煮了。卤鸡、卤肉作坊，早晨下锅，下午出锅，卤鸡、卤肉出锅的时候，小贩去作坊提货，将刚出锅的卤鸡、卤肉放在提盒里，挎在胳膊上，肩上搭一条毛巾，放开喉咙唱着："肥卤鸡呀！"沿街叫卖，生意很是不错。

卤鸡、卤肉，统称为卤味。卤味的地道，就看配料的纯正和齐全。据烧制卤味的老师傅说，那才是差一味作料就差着一层味道的。天津爷们儿"口儿"高，莫说是差一味作料，就是有一味作料分量不够，用不着尝，一嗅，就嗅出来了。

所以，制作卤味，作坊是一点儿也不敢含糊的，多少只鸡、多少斤肉应该下多少料，一丝不苟，绝对不敢打马虎眼。而且昨天在这口锅里烧制卤味下够了作料，今天再烧制卤味，照样还下足够的作料。今天下的新作料，加上昨天的老汤，味道就比昨天的更地道了，如此每天烧制卤味，每天下作料，多少年时间，一锅老汤顺理成章地就成了一笔资产了。

烧制卤味的老门老户，都是靠一锅老汤占有市场的，由此也就成了品牌，旧天津什么李记、杨记，名扬天下，靠的就是家传的一锅老汤。据烧制卤味的老门老户人家说，这几锅老汤至少都有百年的历史。你想想，一百多年，一锅一锅地烧制卤味，每天往锅里续作料，这样的老汤已经就是精髓了，出于这锅老汤的卤味，自然也就天下无双了。

每天烧制卤味，每天往锅里续作料，每天锅里都会涌出一层厚厚的沫，烧制卤味，要不停地将锅里的沫捞出来，以求老汤的味道醇正。这里面还有讲究，从汤锅里捞上来的沫，不能倒在地沟里，一律洒到屋顶上。为什么要把从老汤里捞出来的沫洒到屋顶上？太阳一晒，水分蒸发，日久天长，屋顶上就有了一种味道，这股卤味儿，就是这家作坊的天然广告。人们从这家作坊附近走过，嗅到浓香的卤味，勾引起馋虫，吃卤味，那就只吃这一家的了。

烧制卤味，没有什么太高的技术，传家宝就是一锅老汤，亲戚朋友来了，卤味由你随便吃，老汤休想带走半碗。相传有一户烧制卤味的老门老户，女儿嫁出去，夫君无以为计，小夫妻求到泰山大人家来，跪在老爹的病床前，求老爹赏一碗老汤，也去烧制卤味养家活命。老爹疼女儿，看着女儿的夫君没有本事，把自己一辈子卖卤味的积存都给了女儿，就是不肯给一碗老汤。老娘看着女儿可怜，趁着病重的老爹昏迷的时候偷偷地从大锅里"淘"了一碗老汤。偏这时昏迷的老爹一骨碌从病床上爬起来,一步向女儿手中的那一碗老汤扑过去,就听见扑通一声,女儿手中的那碗老汤被老爹打翻到了地上,再看老爹,也随之咽气,命归黄泉了。

关于老汤,天津民间有许多传说,老祖父生前对我讲过,老天津南开外,老老年间有一家铺面卖"下马鱼汤",怎么就叫"下马鱼汤"呢?说是无论南来北往的老客,骑马从这里经过,都要下马喝上一碗鱼汤。这家鱼汤煮了上百年,每天将新鲜的鱼煎好下到锅里,规规矩矩地下好作料,煮出鱼汤,味道已是香醇无比。多少年时间过去,我想莫说是将新鲜的鱼下到他锅里煮,就是放进一块软木塞,煮出来也是鲜鱼的味道了。

可惜,老天津卤味的老汤留下来的没有几家了,后来合营,天津卤味统一由肉联厂制作,老汤已按历史垃圾处理掉了。如今各家特色卤味重新走进市场,百年老号重现津城,老号重现容易,但积淀新一代的老汤还需要一段时间,等到老汤真的成了精髓,到那时济南扒鸡就要将市场让给天津卤鸡了。

老汤

(2002 年 6 月 15 日)

老西北角锅巴菜

锅巴菜为天津所独有。天津锅巴菜,有两大品牌,一个是万顺成锅巴菜,至今还卖得极火,味道如何顾客自己去品尝。如今要说的是老西北角锅巴菜。

天津旧城区的西北角,十字路口,四个路口过去都有锅巴菜铺,恰恰本人又在西北角住过多年,每天早晨上学,锅巴菜是"指定"食品,那时候也没吃出西北角锅巴菜有什么特殊的味道,匆匆忙忙,从家里出来时间已经不多了,跑进锅巴菜铺,学校的准备铃声都听见了，就和野狼扑食一般，将锅巴菜吞进肚里。

斗转星移，人到中年之后，生活习惯发生变化，青年时期见了肉不要命的恶癖渐渐被素食颠覆，早晨的面包、黄油、牛奶也开始被豆浆、油条所代替。又突然想起少时的锅巴菜，倒真觉得美味无比了。

一天早晨打的出发，历时40分钟，车资24元，来到西北角，遍寻老锅巴菜铺。无奈旧城改造，印象中的锅巴菜铺已经不知去向。最后我走进一处居民区，楼厦下面，一张大餐桌，四面四条长板凳，老少市民围桌而坐，每人一碗锅巴菜，吃得正起劲儿。

终于看见老西北角的老锅巴菜了，立即热血沸腾，那股高兴劲儿，胜过中国足球队冲出亚洲。立即买上一碗，端到餐桌上，尝上一口，果然味道依然，再细细审视卖锅巴菜的小老板，面貌好熟，似是什么地方见过，一面吞食锅巴菜，一面目不转睛地向小老板望着。终于想起来了，我少时在西北城角上学，每天早晨吃锅巴菜，那位卖锅巴菜的生意人，可能就是这位小老板的老爹。趁着生意不火的时候，向小老板问了一声：

"是老西北角的老锅巴菜吗？"小老板理直气壮地回答："从我老爹那辈就在这儿卖锅巴菜。"

由此，还真结交了一位朋友，隔上十天半月，我就往西北角跑一趟，吃上一碗锅巴菜，真也是一饱口福了。老西北角锅巴菜，第一，锅巴地道，绝对用的新鲜绿豆，而且绝对水磨，与那种用绿豆粉掺上面粉和面糊摊出来的锅巴，味道就是不一样。第二，卤汁地道，不是一锅汤放一把大料煮出来的大料汤，而且是规规矩矩炒过料的。将料炒出味道，然后再放汤，才是正宗的锅巴菜卤。第三，小料地道，如油炸辣椒，不是辣椒油，是将干红辣椒切得粉碎，用香油炸得焦黄，如此才辣得可口。第四，手艺地道，一碗锅巴菜盛在碗里，浇上卤汁，锅巴不倒，支棱在碗边儿上，端到桌上，趁热吃，锅巴是脆的，不像现在随处可见的锅巴菜，盛到碗里，立时就成了一碗糊糊，吃着几乎能把嘴巴黏死。那就不是老西北角的锅巴菜了。

（2002年6月22日）

白洋淀吃鱼

天津人爱吃鱼,也会吃鱼。从贴饽饽熬鱼、红烧鱼、清蒸鱼、熘鱼片、烧鱼段、鱼汤,再到罾蹦鲤鱼,吃法真是五花八门。

但白洋淀人吃鱼,就把天津人"盖"了帽儿。

少年时代读书,同学中有白洋淀人,放假时被请到他家去住几天,印象最深的就是白洋淀人吃鱼。

这位同学的父亲对于我们的来访,自是非常欢迎,看见我们走进家门,只说了几句话就扛着一根长竿走了。那长竿上有一个锃亮锃亮的金属枪头，明明就是猎取什么东西的武器。我们几个城里来的孩子觉得奇怪，就问白洋淀的同学他老爹扛着那根长竿去做什么？"叉鱼呀！"这位同学回答说。

在城市里，我们听说过捞鱼、钓鱼，再听说过摸鱼，还从来没有听说过叉鱼。我们立即追赶出去，要看看叉鱼是一种怎样的捕鱼方法。走到淀边，一片汪洋，不像是河，也不像是湖，就是一片水淀。离岸十几米远的地方，立着几根大桩，我们这位同学的父亲就蹲在一根大木桩上，手里抓着那根鱼叉，嘴里叼着小烟袋，吱巴吱巴地吸着。

就在我们猜想这位同学的父亲蹲在木桩上做什么的时候，突然看见他冷不防地用力将标枪向水中投了过去，应声，一条好大好大的鱼被标枪叉中了。这位同学的父亲将标枪拉回来，一条欢蹦乱跳的大鱼就被拉出了水面。

白洋淀渔民的叉鱼技术真和耍杂技一样，那才是百发百中呢。白洋淀渔民还不贪多，叉上一条鱼来，够几个人吃的，就回家了。那水中的鱼就像我们门后挂的蒜头似的，几时要吃，揪一头就是了，大可不必储存在家里的。

刚刚从水中叉上来的鱼，果然味道鲜美，这一天我们尝到了最鲜、最美味的鱼。

第二天，我们上渔船跟着白洋淀渔民捕鱼，这次当然不是用标枪叉鱼了。船上吃饭自然就简单了，干粮就是大锅里贴的饼子，再就是一大锅鱼。这鱼，才是真正意义的鱼了。

渔船上吃鱼，不像城里人那样复杂。鱼捕上来，洗也不洗，从网上摘下来，顺手就扔进锅里了，满满地放了一锅鱼，撒上一把盐，盖上锅盖，架上柴火，就开始煮鱼了。看着渔民们用这种方法煮鱼，我们想象不出来该是一种什么味道。过一会儿，主人揭下锅盖，满满一锅鱼煮熟了，一锅鱼上面浮着一层白白的鱼油，主人将鱼油撇出来，说是留着夜里点灯，随后，就每人一大碗地将煮好的鱼分送给我们了。

这可是一大碗"原汁原味"的鲜鱼呀，和刚从水里打捞上来的时候一模一样,用天津话说,叫作"只差一口气",而且没有剥鳞。带着鱼鳞的鱼,我们谁也没有吃过,捧着一大碗煮鱼,我们只等着看主人的吃法。主人向我们笑笑,也不传授什么吃鱼的技术,就看见他们用筷子挑起一条鱼,放在嘴里,一溜,鱼鳞立即就溜下来了。随后再用筷子夹着鱼,鱼头朝上,自然就是鱼尾朝下了,放在唇间也是一溜,鱼肉留在嘴里,一条鱼骨就留在了筷子上,再一顺手,鱼骨被抛进水里,利利索索,第二条又夹上来了。

学着渔民的吃法,我们也夹起一条鱼来,果然,在齿间一溜,鱼鳞就溜下来了,再一溜,没有人家那样利索,鱼肉也总算留在嘴里了,因为怕鱼刺扎舌,一半的鱼肉几乎就留在了鱼骨上。

只是,真香,醇香得无以复加。

(2002年6月29日)

粥

去美国探亲,一位老同乡从很远的地方驱车赶来看我,按照我们中国人的习惯,我自当盛宴款待。不料这位老同乡赶到我这儿之后,看见我正要为他下厨烧菜,却突然对我说,他只想喝粥。

想喝什么粥呢?还不是想喝那种新潮的八宝粥。八宝粥如今已经走出国门,许多国际航班上除了供应正餐,一般都备有八宝粥,以便正餐之外由乘客自取。久居国外的中国人,想喝粥,就是想喝那种只用白米煮的粥，而且不是用蒸熟的米饭泡煮成的粥，是直接用生米，放在火上熬出来的粥。米粒要煮得开花儿，悬在米汁中间，米汁要黏稠得可以拉出细细的丝，这才是真正意义上的粥。

久居国外的中国人为什么想喝粥？没时间，国外生活紧张，头几年读书、打工，一日三餐都是麦当劳，吃得人走在路上不敢抬头看麦当劳的广告。好不容易有点儿时间，能够吃一顿米饭已经就是最大的享受了，想喝粥，没有时间煮，最多也就是上海人的水泡饭，再奢华些，用剩米饭，泡水加温，聊胜于无，就当是喝粥了。

不能辜负朋友的厚望，我大显身手，在锅里放上一碗米，还不用高压锅，就是规规矩矩地煮锅，放满水，注意，煮粥最忌讳中途加水，要一次放够水，还要慢火细煮，如此煮成的粥，才有味道。

多年不见的老同乡，有说不完的话，足足说了一个钟头，老伴说粥已经煮好了，请老同乡入座，盛上一碗热粥，我看见这位老同乡感动得已经热泪盈眶了。

说到煮粥，那真是百花齐放。大江南北，长城内外，一个地方有一个地方的特色,东北的玉米楂子粥,华北的小米粥,广东人喜食的鱼生粥、鸡生粥,再有什么皮蛋粥,谁也说不清中国到底有多少种粥。到了湖北,还有一种糊粥,就是故意将粥煮糊了。湖北气候潮湿,清晨没有食欲,吃一碗糊粥,也算开胃了。

林语堂先生写煮粥,说他母亲为他煮粥,是用砂锅放好米,也是一次性地放够水,再放在灰火炉上用慢火细细地煮,这样煮出来的粥,上面有一层粥皮,才有粥香。当然,粥香,首先还得是米香,过去的小米粥煮开锅后,立即就飘出来香味,香味可以飘满院子,放学回家一进院,就嗅出小米粥味来了。只是那时候只想吃肉,粥是为老人们煮的。

西方人不喜喝粥,还在于我们的煮粥功夫没有传到西方,日本人就喜欢喝粥。那年去日本,在横滨街头,看见一家卖粥的店。据日本朋友说,这家粥店的生意极火。果然未到营业时间门外就排起队了。排队买东西,这在日本是极少见的。我看看这家粥店门外的招牌,上面写着当天就有十几种粥供应。

粥，更是一种文化。粥，清心寡欲；粥，更富有家庭气氛。喝粥，不争不抢，锅里的东西就是一种，紧吃慢吃不要紧，头一碗后一碗一个样，大家尽可以绅士到底。

中国的喝粥，或许还有更深刻的道理。

(2002 年 7 月 6 日)

虾油小菜

渍菜，天津人说是咸菜。如今天津人吃咸菜，只知道有六必居酱小菜，其实在半个世纪之前，老天津人并不认六必居的酱小菜，最受天津人欢迎的，还是出于塘沽的虾油小菜。

虾油小菜和酱小菜味道不同，酱小菜有重重的酱味，虾油小菜是用虾油渍成的小菜，一股海腥味道极是诱人，再加上塘沽的虾油味道醇厚，由此，塘沽的虾油小菜也就天下闻名了。

塘沽虾油小菜，谁家的最出名，不记得了，只记得过去在塘沽做事的长辈回家，都要带上几篓虾油小菜。何以塘沽的虾油小菜以"篓"计算？那时候渍菜是不论斤卖的，进油盐店，说买二两咸菜，伙计听不懂，怎么咸菜还论斤两呢？要买咸菜，你就说买多少钱的，"掌柜的，买二分钱咸菜"。应该给你多少，掌柜心里有数。外地人到塘沽，知道塘沽的虾油小菜出名，想带些回去让家里人尝尝，也不说买几斤几两，塘沽虾油小菜是以篓卖的，一篓虾油小菜有多重？可能一公斤吧，那时候中国人对东西没有精确的数量观念，莫说是咸菜，螃蟹金贵不金贵，到了中秋也是按篓卖的。一篓螃蟹四只，就算个头儿差不多，可是篓与篓之间，总也要差上几两的，如今一斤螃蟹80元，差上二两，就是16元，亏了。

在我的印象里，塘沽的虾油小菜有三大类：一是虾油辣椒，青辣椒，色彩鲜鲜的，和刚从地里摘下来的时候一样，泡在虾油里，味道醇美无比。再一种是虾油乳瓜，就是小黄瓜，满身的鲜刺儿，不是没长成个儿的黄瓜，是那种永远也长不大的乳瓜。每只小乳瓜只有寸把长，筷子一般细，虾油渍过，又脆又香，多少年的时间过去，直到如今每想起塘沽虾油乳瓜，馋得还咽口水。第三种就是大路货了，什锦小菜。和六必居的酱小菜一样，花色丰富，看着就馋人。

20世纪60年代之后，塘沽的虾油小菜绝迹了。那年月一次去塘沽，走遍塘沽的大街小巷，也没找到一家卖虾油小菜的店铺，再问到塘沽人，年轻人已经不知道塘沽曾经出过虾油小菜了。问到塘沽人现在吃哪家的渍菜，北京六必居。

塘沽虾油小菜有什么特点？一定有特殊的渍制技术。后来市场上也看见过虾油小菜，譬如虾油辣椒，完全不是原来的味道，已经减了成色，最和过去比不得的地方，是颜色也变了。过去塘沽的虾油小菜，打开篓，无论多少天，颜色永远鲜艳碧绿，后来市场上卖的虾油辣椒，几天的时间就黄了，蔫了吧唧，一副无精打采的样子，看着就不想吃。

几年前，虾油小菜重新出现在超市的货架上，忍不住诱惑，买了一种过去最喜吃的虾油乳瓜。当然，期望值不敢太高，乳瓜的形状就不太对，过去那种小黄瓜可能已经被淘汰了，新乳瓜又长又粗，而且通体没刺，类若欧洲人渍酸黄瓜的那种小黄瓜。农产品也是不断更新的，新一代乳瓜必然要取代旧品种，而且依然是用虾油渍的小菜，味道也许更鲜美。但是，买回家里一尝，大失所望，完全不是昔日的虾油小菜味道了，旧日塘沽虾油小菜的味道已经荡然无存了。

(2002 年 7 月 13 日)

四碟儿面

四碟儿面，全名应该是四碟炒菜拌面条。天津人说话图省事，就简化成"四碟儿面"了，外地人听了不明白，天下人吃面都是用大碗，怎么天津人吃面条一吃就是四大盘呢？

说起吃面条，在陕西、河南都是家常饭。陕西面条，百花齐放，品种繁多，到了陕西，吃面条，人家先问你吃什么面？炸酱面，小肉面，大肉面，臊子面。第一次到西北不知道什么是臊子面，还以为是特殊品种。

来一碗尝尝吧，端上来一看，原来就是打卤面。

上海人吃面，也是品种繁多。阳春面，上海人说是"玻璃"，你要一碗阳春面，厨上喊一嗓子："来一碗玻璃！"阳春面怎么就是玻璃呢？玻璃透明，阳春面什么也没有，清汤面，一眼望到碗底儿，"玻璃"了。

无论到了江南还是西北，你说吃四碟儿面，谁也不明白。什么是四碟儿面，将面条放在四只碟子里。用什么拌面？就吃白面条？好歹也要放上些酱吧。

天津的四碟儿面，应该说是最讲究的一种面条了。四碟儿面既不是炸酱面，更不是打卤面。四碟儿面是四盘炒菜拌面条，那绝对是最高档次的吃法了。

中国人过生日要吃面条，炸酱面不吉利。天津人忌讳这个"炸"字，"炸"和"砸"同音，过生日是吉庆日子，"砸"呀"砸"呀的不吉祥。打卤面，太简单，尤其是给老人贺寿，吃打卤面，太不隆重了。于是天津人想出了既隆重又丰盛的吃法，四碟儿面，炒四样菜，摆在桌上，看着就像样，味道那就更没的说了。

四碟儿面，要哪四碟儿？也是丰俭由己了。一般情况，四盘炒菜是炒鸡蛋、炒虾仁、炒面筋丝，再来一盘炒肉丝。炒鸡蛋，没什么特别的地方。炒虾仁，也就是清炒虾仁。炒面筋丝有讲究，面筋要切成丝，过热油，炸得又香又脆，送到桌上，再现浇酸甜汁儿，拌到面条里，也是酥脆。至于炒肉丝，一般要配豆腐干丝、韭菜，口味要重。此外再有一个卤汁儿，天津话："齐活"了。

天津人吃面条，讲究全菜码儿，白菜丝、土豆丝、豆芽菜这三种全要熟的，再加上黄瓜丝、青豆芽儿，顶端要有红粉皮，没的挑了。

遇到重要日子，四碟儿面要上档次，平平常常的四个碟儿就显寒碜了。换四个高档菜，也还是以家常菜为主，可以换成炒山鸡片、烩海杂拌儿、熘鱼片儿，炒虾仁是必不可少的。再高档的大菜，就不可用于拌面条了。

天津风俗，春节讲究初一的饺子，初二面。这个"初二面"，一般家庭都是四碟儿面。

四碟儿面，过去在天津多是商号饭。旧日商号，伙计、先生、掌柜一日三餐都在柜上吃，中国商号传统就是管饭，从来没见过早晨到商号来，自己还得夹饭盒的。商号菜，也许还是津菜的一个支系。旧日天津有几家商号厨师是很有名气的。商号午饭一般简单，生意忙，午饭匆匆忙忙地吃过还要去照顾柜上的事，享受生活到晚上打烊之后再说。但午饭也不能太简单，一般老客商谈生意都是中午留下用饭的，既简单，又不怠慢客商，四碟儿面是最明智的选择。至多特殊待遇，再另加两样下酒菜也就是了。何况当班的伙计、先生，午饭还不能喝酒。

（2002 年 7 月 20 日）

儿媳妇儿菜

中国有八大菜系，每一个菜系中又分多少分支，此中学问也是深奥了。只是还有一个菜系之外的分支——儿媳妇儿菜，那更是中国烹饪艺术里的一枝奇葩了。

"儿媳妇儿菜"不在谱，不在系，只是中国一大民俗。唐代诗人王建《新嫁娘词》："三日入厨下，洗手作羹汤；未谙姑食性，先遣小姑尝。"说的就是新过门才只有三天的儿媳妇儿下厨为婆婆烧菜的风俗。

"三日入厨下"可以是一种象征，其实在农业中国，儿媳妇儿三天下厨房，也就是开始围着锅台转的生活了。到了大户人家，儿媳妇儿三日下厨，只是一种表演。旧日大户人家女儿出嫁，都带着陪房丫鬟，儿媳妇儿嫁到夫家之后，要侍候公婆，代替这位儿媳妇儿做这类粗活的，还有一个陪房嬷嬷。如此，这位富家小姐虽然嫁到了夫家，但还和在家里做小姐时一样，什么事也不做，侍候公婆的日常劳动，也有人替她了。

再至于儿媳妇儿菜，虽然也是一种表演，但此中是很有讲究的，大户人家出身的小姐，嫁到夫家来，三日入厨，孝敬公婆一份什么菜？总不能来一盘萝卜白菜吧。

关于儿媳妇儿菜，老门老户都各有传说，一位新过门的儿媳妇儿做出了拿手好菜，可以传几代，成为一个家庭的美好传说。

大户人家新过门的儿媳妇儿三日入厨下，是一桩大事，有的人家甚至要请来亲朋，等着看儿媳妇儿下厨献艺。自然，真正为挑刺儿来的绝对没有，看新媳妇儿三日下厨，和厨师考级不一样，被请来鉴赏新媳妇儿厨艺的，都是逢场作戏，顺情说好话。从来没见过哪家新媳妇儿下厨，请来的亲朋尝过一口新媳妇儿烧的菜，呸的一口唾在地上，然后大声喊叫："这叫嘛玩意儿？你别是饲养员出身吧！"这就是成心找别扭了。

婆婆请来亲朋鉴赏儿媳妇儿的厨艺，其实就是让大家来夸奖的，什么大饱口福呀、大开眼界呀，谁也不想走后挨一辈子骂。好话虽然说了，但是真正能够给人留下记忆的实在也不太多。我家就流传下来了一则儿媳妇儿菜的传说。说是老老年间一位新媳妇儿过门，三日入厨下，婆婆请来亲朋等着鉴赏，这时就传来话说，新媳妇儿已经入厨了，说是今天要为婆婆烹一条鲫鱼。

鲫鱼的肉最鲜、最美，鲫鱼的鳞最肥，烹鲫鱼，绝对不能将鲫鱼的鱼鳞剥掉，也不能过油，要将鲫鱼收拾干净，整条地放在羹盆里蒸，蒸到一定时间，鱼鳞的肥油全浸到鱼肉里，那样吃着才最鲜美。

只是没过一会儿时间，又传来了消息，说是新媳妇儿正在剥鲫鱼的鳞，这一下婆婆尴尬了，亲朋面前儿媳妇儿实在是露"怯"了。烹鲫鱼怎么能够将鱼鳞剥下来呢？

又过了一会儿，消息传来说，新媳妇儿正在将剥下来的鱼鳞用丝线一片片地穿成一串，然后将收拾干净的鲫鱼放在羹盆里，又将串在丝线上的鱼鳞吊在笼屉里面，此时已经吩咐厨娘起火蒸着呢。

这一下，婆婆和亲朋都呆了，真是巧媳妇儿呀，她怎么就学了这一招烹制鲫鱼的方法了呢？你想呀，将鱼鳞用丝线穿成一串，吊在笼屉下面用旺火蒸，鲫鱼蒸熟之后，鲫鱼的肥油一滴一滴全渗进鱼肉里，那鲫鱼岂不就更鲜美了吗？

果然，一大盆烹鲫鱼呈上来，婆婆、亲朋交口称赞，都说这位新媳妇儿才是出身名门，吃过见过呢。

（2002 年 7 月 27 日）

火锅（上）

吃火锅是中国人独享的口福，外国人于此还持怀疑态度，前两年中国也有人向火锅发难。他们问，将这许多好吃的东西放在一只锅里煮，鱼、肉、鸡、虾都煮成一个味道，煮得所有好吃的东西都失去了个性，难道这也是享受吗？对火锅持怀疑态度的人，是对火锅缺少了解，更没有体会到火锅独到的微妙。火锅何止是一种烹饪技术，知道一点火锅的历史，体会火锅的文化内涵，就知道火锅实在是中华饮食文化的精髓了。

火锅流传至今，怕有上万年的历史了。在煎、炒、烹、炸等烹饪技法成熟之前，中国人就开始吃火锅了。自然，那时候的火锅和现在的火锅不一样，在发明冶炼技术之前，在人们使用铜、铁用具之前，中国人的炊具以陶器为主。

中国最早的火锅炊具，是鼎。"鼎"为象形字，就是上面一个容器，下面有几个支点，这个容器就是用来烧东西的火锅。将肉切成块，下面架上火，来个一锅烩，古时叫"羹"，吃的时候每人再从鼎里盛出来，放在自己的容器里吃。这就是中国最早的火锅。从人类学的角度考证，使用鼎的时代，应该是原始共产主义时代，也是最早的大锅饭时代、群居时代。私有财产出现后，大锅饭时代终结，但围炉而坐，共鼎而食的习俗并没有消失，中国人觉得将各自的食物带来，放在一起煮熟了再一起吃，不仅是一种情趣，更体现了一种境界。

鼎之后，出现了鬲，鬲应该是第二代的火锅了。《战国策》载："昼游于江河，夕调乎鼎鬲。"可见，将好吃的东西放在一起煮，不但不会使食物失去个性，反而会使食物的味道更显鲜美。

三国时期，魏文帝曹丕常常使用一种叫"五熟釜"的炊具。这种"五熟釜"更新潮，是将五种东西分别放在五个格子里一起加热，类若现在的鸳鸯火锅，煮出来的东西各有各的味道，真是自成情趣。

火锅出现至今已两千多年，再没有什么大的变化，只是从宫廷到民家，火锅都带有一点隆重色彩。到了清代，火锅更是深入民间，北京逢年过节家家户户都吃火锅。史载，乾隆皇帝庆祝他的六十大寿，摆百叟宴，就是每人一张餐桌，每张餐桌上摆着一只火锅，吃的就是火锅宴。说起来，吃火锅，或者如北京人说的那样叫"吃锅子"，真是情趣重于食物，大家围着火锅坐成一圈，谈笑风生，那才是越吃越有味道。

吃火锅最佳的时令是隆冬，窗外飘着鹅毛大雪，窗上结着厚厚的冰花，备好十几种原料，鸡、鱼、肉、蛋，再调好小料，吃什么涮什么，从火锅里夹出食物，放在嘴里要烫得嚯嚯喊叫，那才真是天伦之乐了。火锅中最妙的还是炭木火锅,尤其是果木炭,烧起来有一股浓浓的香味,再加上火花时时爆起,看着才最有趣。

(2002 年 8 月 3 日)

火锅（下）

烧肉、丸子、鸡、面筋、大滑鱼，是津菜一品火锅的五大主料。

顾名思义，"一品火锅"应该就是火锅品种中的极品了。火锅有许多种，如今风靡全中国的涮羊肉，早先不在火锅系列之内，旧日天津称涮羊肉为"涮锅子"，表示火锅只是一种器皿，不可以用来接待贵客，没听说哪个大户人家寿星佬的吉日，请来高亲贵友，大家围桌而坐吃涮羊肉的。

天津市井间说的一品火锅，有一定规格，而且五种主料的比例也有规矩，光放一大锅面筋，吃主是不答应的。一只火锅端上桌来，滚滚地冒着热气，小烟筒往外飞着火花，揭开火锅盖，要有个满堂彩。五种主料摆放整齐，高汤散发出醇厚的香气，除了火锅里面的主料，桌外还有一盆备用的主料，不能头一茬吃过露出锅底儿来了，要随吃随"续"，这才叫一品火锅。

烧肉、丸子，没有什么特别。烧肉，就是现在常说的扣肉，但要北方扣肉，腐乳味道不能太重，也不可像四川东坡肉那样甜口儿重，就是地地道道的北方烧肉。丸子，就是家烧丸子，和鸽子蛋一般大，再没有胃口，也可以吃两只。鸡，有讲究，自然是白煮，类若上海的白斩鸡，但鸡煮熟后，不可以过刀，用刀切得整整齐齐就不规范了，要用手撕开，据说手撕的鸡肉比刀切的鸡块味道更佳。滑鱼，自然就是鱼片了，但一定要挂浆过油，否则一开锅，鱼肉烂在锅里，那就成鱼酱了。而且既然是一品火锅，滑鱼一定要用鲤鱼，天津人爱吃的黑鱼片就上不得高台面了。

五种主料之外更要配以高汤,还要有锅底儿。高汤,就用煮鸡的原汤。锅底儿,一般放口蘑、冬笋,再讲究些的可以配几味草药,那就更尊贵了。过去家中每逢过年,一家人欢聚一堂吃一品火锅,那时天津盛产对虾,但一品火锅里从来没见过放对虾的。我也问过长辈,对虾最有味道,怎么一品火锅里就不肯放对虾呢?回答说,对虾味道太重,火锅里放一只对虾,别的什么也没有味道了。看来,什么东西都不可过于"强大",有了你,显不出别的来了,人家也就躲着你了。当然,也有海鲜火锅,海鲜火锅也没有对虾,一般有海参、鲜贝、鱼片,还可以有蟹黄,就是没见过有对虾的。可见对虾虽然名贵,但大家也是惹不起、躲得起了。

一品火锅,以北京老天福楼、普云楼为正宗,后来一品火锅普及天下,内容也就各有千秋了,有的一品火锅以豆腐为主料,也有的一品火锅以素为主。津菜中原有素什锦火锅,品位绝对不在一品火锅之下,主料有素鸡、素鹅、素冒、素丸子、香菇、冬笋,味道也极鲜美。旧天津各大菜市场有专卖锅子菜的地方,每份都配得非常得体，吃一品火锅，配一品火锅的主料，吃素什锦火锅，配素什锦火锅主料，非常方便。

火锅文化流传甚广，在东南亚、日本都很流行。可是出门旅行，到哪里吃火锅去呢？日本人不委屈自己，出门旅行也要吃火锅。怎么办？果然人家就研究出来了一种纸火锅，前几年电视上介绍过，是一种特殊的纸，不怕燃烧，里面备着牛肉、鸡肉等主料，到了旅游目的地，打开纸盒，下面点着火，盒里放些水，不多时火锅烧沸，火锅里面的肉也就熟了。就和吃方便面一样，纸火锅可是让发明人发财了。

火锅很受大家欢迎，火锅也要不断创新，火锅的市场很大，日本人能够发明纸火锅，火锅的老家，中国人更应该推出新品种来了。

（2002年8月10日）

素　食

一位已经过世的姻亲，每逢生日必定素食。说到自己逢寿日食素，这位姻亲对孩子们说，自己降生的那一天，正是母亲受难的一天，母亲忍受着巨大的疼痛，送自己到大千世界上来，所以每到自己的生日，为感谢母亲的生育之恩，一定食素。

这位姻亲逢寿日食素，自然有他的崇高襟怀，但还有更多人食素，却几乎就是生活本性。曾经一位朋友家的女儿，自幼素食，于此民间有一个说法，叫"生来素",这类人没有什么理由,更没有任何精神上的约束,她就是生来食素,沾一点儿荤腥立即就有反应。说出来一般人可能还不理解,我的老祖母终生食素,烧菜炝锅大家用葱花儿,一定还得给她老人家单独用姜丝炝锅。你和她打马虎眼,她一吃葱花儿炝锅的菜,准吐。你说灵不灵?

当然也有一类素食者,和他们的信仰有关,每年到了什么时候,有一天不吃荤。

旧日家境兴盛之时,遇到摆酒设宴的重要日子,一定专门准备几桌全素席。那时候亲朋之中有人信佛,不准备几桌全素席,那是要落包涵的。就是小小年纪的我,也还吃过几次全素呢。本来我绝对是肉食主义者,可是没有办法,因为我刚刚得了一场病,奶奶许下了"愿",说是待我病好之后,一定要素食一天,感谢阎王老爷还把我留在世间淘气。好在那时候小,吃素席也只是走过场,素食之后,照样嚼一块牛肉干,阎王老爷也不问我嘴里嚼的是什么东西。

所以,素食是一种境界,也是一种雅好,过去说素食主义者迷信，实在是太偏激了。唯一遗憾的是，天津的素食业萎缩了，像北京功德林那样的素食餐厅找不到了，如今要吃素食，只能去超市购买一袋一袋的素食成品菜，再挑剔，就自己回家烧豆芽菜去了。

高品位的素食大宴没有了，天津街头还热卖着几种素食，其中一种就是天津人最喜吃的素卷圈。素卷圈，没有品牌，过去也是街头小摊现做现卖。

素卷圈贵在用料，裹馅的皮儿，一定要用新鲜的豆皮儿，现在的豆皮儿几乎都是干的了，聊胜于无，"发"好了，也可以替代。最不好接受的，是后来街头小摊制售的素卷圈，用馄饨皮裹素馅，完全变味了，就是才出锅的素卷圈，咬在嘴里也是又"皮"又硬。后来卖素卷圈的生意冷落了，可能就是质量不好的原因。再至于素卷圈的素馅，那就更讲究了，一定要用好绿豆芽儿、腐乳、豆腐干、姜丝，如此而已。

天津另一种久卖不衰的素食，是石头门坎大素包。我家老祖母在世时，最爱吃这一口，我更是以为老祖母买石头门坎大素包表示孝心。石头门坎大素包便宜，一只五分钱,买十几只也用不了几个钱。老祖父在世时几次表示想吃烤鸭,那时候实在窘迫,没有尽到孝心,直到现在还常感内疚。

(2002年8月17日)

您 请

中华古国,礼仪之邦,饭桌上最讲规矩。自家人一起吃饭尚且要斯斯文文,再遇到宴请宾客,光一个"您请",就不知道要说多少回。一餐饭结束,大有可吃完了之感,东西没有吃多少,倒累得人疲惫不堪。

中国家庭,孩子一上桌吃饭,母亲必在一旁指指点点。拿筷子,是不用学的,中国人的天性,喂饭一结束,立即就会拿筷子吃饭了。饭桌上要学的规矩,先是坐相,歪着脑袋,斜着肩膀是不行的,双臂要平行。托碗底儿更是不行的，要一手扶着碗边儿，一手拿着筷子。吃饭时嘴巴不许出声音，吧唧嘴是绝对不允许的。除此之外，不许拿筷子戳桌子，一桌子大菜，只许动自己面前的东西，明明看见好吃的东西在对面，也不许将筷子伸过去夹。喝汤时，汤匙不能碰汤盆，不许发出"呼噜呼噜"的声音。还不许剩碗底儿，长辈总是吓唬孩子，剩碗底娶个麻媳妇儿，把我们吓得够呛。

而且座位也是固定的，上座永远是爷爷、奶奶，两侧，父亲、母亲、叔叔、姑姑。孙子辈的，有孙子辈儿的座位，面对着爷爷、奶奶，坐在椅子上不够高，椅子上可以再放一个小板凳，远处的菜够不着，要等长辈给你夹过来，无论你多想吃，也不许站起来去夹。

小时候最高兴有亲朋来，这时孙子辈儿的就不上桌了。长辈人陪亲朋一桌吃饭，孙子辈儿的在一起吃饭，饭桌上说说笑笑，什么规矩也不讲了，这餐饭吃得才开心。

不过现在回想起来，小时候训练出来了这些规矩，还真是一件好事。进入社会之后，无论什么场合都不至于有失态的行为，而且人家一看你餐桌上的规矩，就知道你是一位绅士，自然对你就格外尊敬。

餐桌上没有规矩，在自己家里还没有太大的关系，到了国外，就要被人看不起了。餐桌上不懂规矩，就是不懂礼貌，人家照顾你的面子，还和你说说笑笑，但稍一留心，你就会发现对方脸上的肌肉早就发僵了，目光远远地避开你，唯恐你自己不好意思。几次随团出访，作家还是文化人，但中国作家的文化背景相距千里，有的人真是餐桌上不给面子，手里拿着筷子，指指点点地和对方说话，嘴里叼着牙签儿谈笑风生，而且很是得意。你看着有失体统，用目光向他示意，他一点儿感觉也没有，还以为你是欣赏他的风度。一番表演结束，主人沉着脸宣布晚宴结束，他老兄站起身来，胳膊向上一扬，伸了一个懒腰，搞得你真难为情。

餐桌上的规矩还不只是要有吃相，什么菜如何摆法，那是一点儿也不能错的。上菜，摆错了位置，宾客要不高兴的，就说鱼，无论什么鱼，上菜，都要将鱼头对着上座。现在又兴了一条新规矩，鱼头对着上座，上座要起身向鱼尾对着的下座敬一杯酒，真是礼貌也在不断更新了。但敬酒之后，有的人就不知道吃鱼的规矩了，吃鱼，主人下筷子动什么地方，客人下筷子动什么地方，那可是就看出品位来了。一条鱼呈上来，自然还是先要"您请您请"地敬让好半天，然后主人先动筷，冲着什么地方下筷？自然是鱼肚，一块鱼肉夹起来，别放在自己的碟里，要放在宾客的碟里。然后宾客再说"您请您请"，那就大家都可以下筷子了。

餐桌上"您请您请"地说个没完，您说烦不烦？有没有不说"您请您请"的场合？除了自助餐，不说"您请"，中餐有没有可以不说"您请"的场合？告诉你一个秘密，中餐唯一不说"您请"的场合，吃河豚。

舍命吃河豚，是舍自己的命吃河豚，不是舍别人的命吃河豚，一盘河豚上来，你不动筷子，反向宾客说"您请您请"。宾客生气了，立即就会反目向你质问："你是想让我替你去死呀！"吃河豚不光不能相互敬让，厨师献河豚，还要亲自送到餐桌，更要自己先动筷子吃一口，自然是吃一小口，秃噜一下一条河豚你都吞下去了,虽然礼貌到了,但是主人火了。"合算是我请你吃河豚呀。"

餐桌上的规矩很有趣,也很重要。

(2002 年 8 月 24 日)

木 樨

木樨肉，是鸡蛋炒肉；木樨汤，是清汤鸡蛋花；至于木樨饭，那就是鸡蛋炒米饭了。

中国人忌讳"蛋"字，烹饪上遇到"蛋"字，一定要有代用字。天津人说汤面是面汤，面汤里面"卧"一只鸡蛋，一定要说是面汤卧果儿，这个"果儿"不必解释，就是鸡蛋。喝豆浆卧果儿，怕卧不熟，就来个飞果儿。过去早点铺伙计吆喝："大碗浆飞果儿呀！"就是一碗热豆浆冲一个鸡蛋花。反正无论怎么说，也不能喊出那个"蛋"字来。

当然,卖茶鸡蛋的,避不开那个"蛋"字了,你不能吆喝"茶果儿呀",人家听不明白。但煮鸡蛋,还可以避开那个"蛋"字,"吃两个白果儿",白果儿,就是煮鸡蛋。鸡蛋改称木樨,又是出于什么典故呢?

木樨本来是一种常绿灌木,花簇生于叶腋,有黄色、白色,花味芳香,可做香料。木樨花即桂花,因其芳香淡雅历来受到文人青睐。木樨入菜名,也许正是取此意吧。

鸡蛋入菜,除了改名木樨,还有一个更雅的名字——芙蓉。最常见的菜,芙蓉鸡片,其实就是鸡蛋清炒鸡片。自然,芙蓉和木樨还不一样,木樨指的是全蛋,而芙蓉就是只取蛋清了。芙蓉还不只是蛋清,更要有一番加工,蛋清要打匀,还要加少许淀粉,再起热油锅,将调好的蛋清、淀粉放入锅中,立即划匀起锅,雪白的蛋花,甚是晶莹剔透,此时再配以鸡片、冬笋、木耳,那才是色香俱佳的名菜了。

鸡蛋虽然是俗物,家家户户都离不开鸡蛋,但鸡蛋入菜，可以不俗，身价倍增，上面说的木樨、芙蓉，都是鸡蛋的精加工，更是一次增值，一下子此鸡蛋非彼鸡蛋了。

鸡蛋的增值还在于烹饪技术，就说是炒鸡蛋，家里自己炒鸡蛋，没有任何技术可言。到了饭馆，炒黄菜，成色就不一样了，就是比你自己炒得好吃。倘若里面再加上银鱼、火腿，那就更不同一般了。

老祖父在世时对我们说过，过去出席宴请，入座后，有一道下马饭，怎么就是下马饭呢？知道客人远道而来，一路辛苦，空肚子喝酒伤身体，所以先要用下马饭，天津话，说是"垫垫"。下马饭有许多种，后来通行的下马饭，就是"门钉儿"，形状类若旧日大户人家铁门上的大铁钉，其实就是小豆沙包。据说讲究的下马饭，应该是面汤卧果儿，也就是面汤里有一只鸡蛋，但那鸡蛋可是秀气得很，极小，还不能是鹌鹑蛋，是一只鸡蛋分成两只，每半只里面都得有蛋清蛋黄，还不能硬从中间分开，要形状完整，蛋清要将蛋黄包得整整齐齐，看着就像是小鸡蛋一样，换个现代词汇，应该是迷你鸡蛋了。

　　将一只鸡蛋入锅时完整地分成两只小鸡蛋,也没有什么特殊的工具,就凭一双长长的金属筷子。将一只鸡蛋去壳,放入滚沸的高汤里,趁着蛋清还没有凝固,飞快地用金属筷子在中间一夹,锅里的一只鸡蛋立即被分成了两半,还得将蛋清煮熟,趁蛋黄嫩软,盛在碗里呈到客人面前,既为远道而来的客人驱了寒意,又是一碗清香可口的下马饭,这才是烹饪高手呢。

　　木樨、芙蓉都吃过,只是老祖父记忆中的下马饭,没有见识过,不知是真是假。

（2002 年 8 月 31 日）

名人菜

北京几个好朋友,都是老人了,身体还好,但都发福了,在家里受到夫人的约束,不许吃肉。偏偏这几位老兄又都是老馋猫,偶尔凑到一起,最最开心的事,就是找一家饭馆去吃肉,吃肉还不说吃肉,几个老朋友有句黑话:"找苏东坡去。"

吃肉,何以就和苏东坡连在一起了呢?尽人皆知,红烧肉雅号"东坡肉"。东坡肉是个什么讲究呢?有人说这是因为苏东坡爱吃肉,他夫人为他烧的红烧肉,推向民间，就有了东坡肉。还有一个传说：相传苏东坡在杭州做官时，在西湖修了一道堤，使四周的农田得以灌溉，百姓们感激苏东坡，过年时就给他送来了好多的猪肉。苏东坡为官清廉，他吩咐家人将百姓送来的肉切成一大块一大块，烧好后再分别送回农家。如此百姓更为感动，就将苏东坡送回来的红烧肉称作东坡肉了。也是迎合老百姓的心理，杭州菜馆将红烧肉改名叫作东坡肉，生意很是红火。偏这时一个赃官忌恨苏东坡，他来到杭州明察暗访，最后回到京城，向皇帝告密说，苏东坡在杭州做尽了坏事，老百姓恨他，恨不得吃他的肉。说着，这个赃官将他从杭州带回京城的杭州菜馆菜单呈到了皇帝面前。皇帝一看，家家菜馆的菜单上都有东坡肉，当即龙颜大怒："好一个苏东坡，朕遣你到杭州做官，你为非作歹，百姓恨你，要吃你的肉。来人呀，将东坡肉呈上一碗来，朕也要吃他的肉。"立即传旨御膳房，仿杭州菜馆烧东坡肉一大碗。御膳房的厨师没做过东坡肉，十万火急将杭州菜馆名厨召进北京为皇帝烧制东坡肉。东坡肉烧好了，呈到皇帝面前，皇帝尝了一口，好吃呀，当即叹道："苏东坡呀苏东坡，朕只知道你文章写得好，没想到你的肉还这样香，果然文若其人，文章写得好的人，他的肉一定也好吃。"

当然，这只是一个传说。

中华菜系的一个特点，就是将历史名人和名菜连在一起，除了东坡肉，还有李鸿章杂碎。据梁启超《新大陆游记》中《由加拿大至纽约》一文记载，李鸿章出使时，"在美思中国饮食，属唐人埠之酒食店进馔数次。西人问其名，华人难于具对，统名之曰'杂碎'。自此杂碎之名大噪"。如今无论是美国、法国或中国的菜馆都有"李鸿章杂碎"这道名菜，怎么做的都有，西方人不吃动物下水，最多也就是吃肝、肠而已。"李鸿章杂碎"的配料自然以猪肉为主，再配些辅料也就是了，也就是一大碗大杂烩罢了。

将名人和菜肴连在一起，是中国餐饮业的一种炒作方式，各个菜系都极力效仿。杭州菜中有道名菜——叫花子鸡，堪称一绝，相传是明太祖朱元璋留下的。据说，真正地道的叫花子鸡，应该是整鸡，不褪毛，不清洗内脏，只用荷叶裹好，外面糊上泥巴，然后放在火上烧，鸡烧好了，将外面的泥巴摔破，里面的鸡肉又嫩又香，那才是原汁原味。

自然，现在的叫花子鸡，制作工艺改进了。现在的叫花子鸡，内脏洗得干干净净，里面还放了好多的辅料，鲜蘑呀，火腿呀，葱呀，姜呀，等等，朱元璋时代的叫花子鸡，里面是什么东西也没有的。因为他是个乞丐，鸡是偷来的。

(2002年9月7日)

面包免费

走遍世界，无论意式、法式、德式、俄式，几乎所有正式的餐厅，面包一律免费。

面包免费有许多形式，在欧洲、美洲的意式餐厅，顾客入座后，点好菜，服务生立即就给你送上一份面包，烤得两面带着微微的黄色，吃起来又脆又香。面包送上来，服务生还在你面前的盘子里倒上一点橄榄油，再用一只半尺长的木制用具，往你盘里旋一点胡椒。这一切都是免费的。类如旧时代中国的下马点心，正餐开始之前先开开胃口，中国话叫"垫垫"。一般顾客，只要没有减肥使命，都会吃下这片面包。随后，正餐开始，无论是汤，还是大菜，到那时就没有面包了。

俄式餐厅，面包是和汤一起送上来的，面包要泡在汤里。看过俄罗斯电影，大家可能都注意到俄国人的吃饭习惯。俄国人通常先喝汤，自然也有只喝汤的，喝汤的时候要把面包撕在汤里。在电影里，俄国人用木勺子喝汤吃面包。到了大餐厅，也是如此。头道汤过去，大菜上来，那就开始大口吃肉了。

中华人民共和国成立前随长辈去天津起士林餐厅用餐，最深的印象，就是小博依（英文 boy）托着大盘的面包在客人中间穿行。那时候的小博依穿着法式红制服，头上戴着硬硬的红帽子，客人什么时候用面包，向小博依招招手，小博依过来。他也不必低头，客人也不必站起来，小博依走到客人面前，将盘子送过来，客人伸手取过面包，小博依向客人示意后，便又举着盘子走开了。

在欧洲用餐，桌子正中在客人入座之前就放好了一盆面包，而且只有一个品种，就是那种足有五公斤重的大面包。放在餐桌上的面包自然都是切好了的，不是面包片，是不规则的三角面包块，大小不均，散发着一股淡淡的酸味，随你什么时候用，也随你用多少，饭后买单，面包是不计算在内的。

当然，面包免费的现象现在也少见了，快餐店的面包是包括在食品里面的，一份麦当劳快餐，在美国是4美元，此中，那只面包是收了钱的。美国到处还卖一种快餐，人们叫作潜水艇，可能还没有引进到中国来，好长好长的一只大面包，中间一道大缝，里面夹着香肠、牛肉、奶酪、青菜，内容由顾客点，都打点齐了，店主用一张大纸给你包好，用胳膊挟着，走在路上甚是威风。

看见美国年轻人挟着一只潜水艇走在路上，觉着甚是恐怖，我想一只潜水艇可能够我吃上三天。一天晚上儿子回家，说是中午买了一只潜水艇，剩下了一截，让我品尝，大约是一只潜水艇的四分之一吧，我才吃了一半就饱了。中国人说宰相肚里能撑船，看来再有肚量的中国宰相，肚里也放不下一只潜水艇。

(2002年9月14日)

借钱吃海货

天津有句俗语:"借钱吃海货,不算不会过。"可见天津人已将吃海货看作生活必需,海货下来,没有钱,就是借钱也要吃上一次。今天没有钱,明天还能挣来,今天借下的钱,明天可以还上,但海货不等人,你说今天我没钱,等明天我有了钱再吃吧,对不起,明天黄花鱼没有了,对虾也过去了,你吃麻蛤吧。

其实天津人吃海货,也不过就是吃个鲜罢了。对虾,那是天津人的口福,每天早晨鱼市上鱼贩子们吆喝:"豆瓣绿呀！"要么就是"欠口气呀"。绝对是才出海的大对虾，而且价格之便宜，为时下天津人所不可想象。新鲜对虾，一斤也就是几斤棒子面钱。煮熟的对虾，一对一对，天津人叫"咸干儿"，一对才几分钱。小时候去学校，身上带一角钱，一半吃早点，一碗豆浆，两根油条，剩下的钱，中午买一对大对虾，配上家里带的半张饼，吃得极是惬意。至于海螃蟹，那就更不值钱了。一斤多重一只的大蟹，早晨被堆放在菜市场的水泥池里，随你挑拣。我还记得，到20世纪50年代，一斤海蟹和两斤白面等价。便宜不便宜？

可惜的是，天津人吃海货极是粗放，就说对虾，最多也就是烹虾而已。那时候的虾也大，一只虾要切成四段，不像现在的养殖虾，一盘红焖大虾，四只，每只只有手指一般大，一个人全都吞下肚里，也不算暴食。除了家常的烹虾段，再一种吃法，也就是清炒了。将对虾切成小段，配一点韭菜，如此而已，似是再没有更多的吃法。

我看见过的最粗放的吃法，是在海边渔村。才从船上卸下来的对虾,那才真是欠一口活气儿,洗都不洗,放到大锅里就煮。对虾快熟的时候,调进些棒子面,和成面粥,锅里咕嘟咕嘟地响起来。对虾粥煮熟了,人们围着大锅自己盛在碗里,还不能光盛面粥,更多盛虾。那时候在海边,面是要用钱去买的,而对虾却是不要钱的。

这种虾粥我没尝过,但嗅着大锅里冒出来的热气儿,实在不好恭维,现在想起来,真觉得可惜。

再说到吃螃蟹,天津人就更是粗放了。上海人吃蟹,餐桌上一只蓝花盘,夫妻二人对面而坐,盘中一只螃蟹,餐桌上一套剥螃蟹的工具,慢条斯理,剥得那样精致,又剥得极有章法,连小爪第二节的蟹肉都要剥出来,那才真是一道风景呢。天津人吃螃蟹,使用了一个非常形象又非常直快的动词:"嚼"。天津人吃螃蟹,没有耐心,将一只螃蟹的蟹壳剥开后,从中间一掰两开,一只手拿半只螃蟹,张开大口,左手的半只螃蟹咬一口,转过头来再往右手的螃蟹上咬一口,任务完成。有兴致体味海货鲜美味道的,就再剥剥大螯,至于另外八只小爪，就和螃蟹皮子一起扔掉了。

过去一位在上海久住的天津人对我说过，上海人最欢迎天津人吃螃蟹。人家上海人吃螃蟹，夫妻二人只要一只，天津人一进了饭馆，四个人，"来十六只螃蟹"，吓得上海饭馆老板要问好几次，他无法相信一个人怎么能够吃四只螃蟹呢？这就是"嚼"！

这还是天津百姓吃螃蟹的景象，到了海边，看看渔民吃螃蟹的样子，你就更吃惊了。那还是改革开放才开始的年头，听说海边有螃蟹卖，几个人连夜赶到海边，正好看见渔民吃螃蟹，你知道他们是怎样一个吃法吗？他们只将螃蟹壳剥开，用大拇指将蟹黄挖出来，将大块的蟹黄放到嘴里，再将螃蟹肉中间的蟹黄挖出来，然后整只的螃蟹就扔到海里去了。看着海面上漂浮的螃蟹，真是馋得不行。

借钱吃海货，虽然无可非议，唯一遗憾的是，天津人吃得太浪费了。

（2002 年 9 月 21 日）

麻豆腐

麻豆腐原产于北京,传入天津之后,成了老天津人的一道美食。

麻豆腐在北京是一道正餐菜,在东来顺,羊油炒麻豆腐是一道极普通的家常粗菜,可是东来顺将羊油分为老油、中油、嫩油三个品种,炼出之后,分别用瓷坛子盛起来,随时拿出来用,据说羊油越炼越没膻味。东来顺的麻豆腐也是自己磨,发酵程度正合适,酸中带点甜头,所以北京人说起东来顺的羊油炒麻豆腐,还有一句俏皮话："早香瓜，另一个味儿。"

但是到了天津，麻豆腐发生了质的变化，身价和在北京绝对不可同日而语了。老天津卫也有一两家饭馆卖麻豆腐，和东来顺的羊油麻豆腐不一样，天津人喜吃羊脂炒麻豆腐，膻味重了些，但是不膻怎么还是羊肉呢？天津有几家清真馆，羊脂麻豆腐卖得很火，许多天津老馋猫专吃这一口。

只是除了这几家清真馆，在菜市场，你却买不到麻豆腐，那天津人去哪里买麻豆腐呢？在家里等着。下午4点，走街串巷的小贩，挎着大提盒，沿街叫卖，"臭豆腐，酱豆腐——"第三声，才吆喝出来，"五香的麻豆腐"。

其实，天津遍地是豆腐房，但麻豆腐和豆腐不一样，豆腐是黄豆磨出浆，再用卤水点出来的，麻豆腐是用绿豆磨出来的，还要发酵，发酵得有点甜味儿，细细地品还有点酸味儿。小时候看见家里的老人吃麻豆腐，也尝过，第一次接受不了，捂着嘴巴就跑，第二次尝，有点儿意思了。再加上天津人的特殊烹饪技法，麻豆腐到了天津，花样翻新了。

天津人吃麻豆腐，喜欢自己加工，羊油炒麻豆腐自然是从北京传过来的，但天津人不是爱吃海货吗，于是麻豆腐开始和海货联姻了。我吃过海螃蟹黄炒麻豆腐，味道绝对不同，不用动物油，用麻油，一小盘麻豆腐里面要用四五只海螃蟹的蟹黄。你看，这一盘麻豆腐成本也是够高的了。

麻豆腐炒青豆，吃起来别有风味，色彩也鲜艳，麻豆腐有点儿微微的灰色，青豆碧绿，比小葱拌豆腐看着漂亮多了，夏天没有食欲，一盘青豆麻豆腐，引得人想吃饭了。春天，早早的香椿下来了，香椿麻豆腐更是一道时令菜。麻豆腐在天津四季有不同的吃法，比起只有一种羊油炒麻豆腐来，应该说也是时髦了。

和麻豆腐相似，河北乡间还有一种小豆腐，是将黄豆泛好磨细，也发酵，但不出豆浆，更不点卤，保留着醇正的豆香。普通的吃法，用咸菜丝炒小豆腐；豪华的吃法，肉片炒小豆腐，味道很是醇香。只是不知道为什么，小豆腐在天津就是没有市场，可能是因为小豆腐没有升值的余地，小豆腐最多也就是加些肉片罢了，炒小豆腐加海鲜，绝对不是味道。

麻豆腐、小豆腐，还有平平常常的豆腐，一个地方有一个地方的吃法，但不同的吃法表现出了不同的生活理念，天津人就是要将平平常常的东西做得身价不凡。还以吃豆腐为例，有名的四川麻婆豆腐，就是一大碗豆腐，加多多的辣椒，加多多的胡椒，再加多多的盐，最多放一点肉末，仅此而已，卖的还是豆腐的价钱。麻豆腐，北京人就是加了羊油，附加值也不太贵。到了天津，海蟹麻豆腐，那就不是吃麻豆腐，而是吃海螃蟹了。

天津人的能耐，就是将本来不值钱的东西变得身价不凡。

（2002 年 9 月 28 日）

烧 饼

天津人没有不吃烧饼的,但如果你问天津人,天津有多少种烧饼?只怕很少有人能够回答得准确,老实说,谁也说不清天津有多少种烧饼。

烧饼是从什么时候有的?再早的资料查不出来,但古籍却有关于烧饼的记载。北魏时期《齐民要术》有"做烧饼法","面一斗,羊肉二斤,葱白一合,豉汁及盐熬令熟,炙之,面当令起"。这就是真正意义上的烧饼了。

天津烧饼,最通俗的两种,芝麻烧饼和油酥烧饼。

制法，不是本文探讨的课题，这里就不仔细考据了，除了这两种最通俗的烧饼，天津还有多少种烧饼，那就谁也说不完全了。

无论烧饼多么五花八门，万变不离其宗，烧饼都是烤出来的。天津人说烙烧饼，其实只是头一道工序，烙到七分熟，一定要放到炉里去烤，缺少这道工序，烧饼出来不酥，口感不好，自然就"锛"主儿了。

芝麻烧饼、油酥烧饼、糖烧饼、馅烧饼、麻酱烧饼，等等，除此之外，还有一种如今不多见了的缸炉烧饼（不是吊炉烧饼）。缸炉烧饼的特点就是硬，放在牙间咬，要使劲，有时就是使劲还咬不下来，还得咬在牙间往下掰。吃到嘴里，格棱格棱地嚼不烂。这样的烧饼据说才最有味道。

天津的烧饼到了北京改名叫火烧，个儿比天津烧饼大，形象也不多精致。北京名吃烩火烧，就是将一只大烧饼放在大锅杂碎汤里煮，然后将煮透的大烧饼切成小块，盛在碗里，浇上汤汁，再加上杂碎、辣椒。一碗下肚，吃出一身汗，这才是地道的北京口味。天津人吃烧饼,比北京人吃火烧斯文。天津人吃烧饼要夹肉,过去南市卖酱肉的小贩,挎个大提盒,里面就有烧饼夹牛肉。

最令人怀念的是天津的小烧饼,俗称牛眼烧饼,个儿很小,相当于现在芝麻烧饼的五分之一,可能还要小。牛眼嘛,和牛的眼睛一般大,还不是大眼睛时髦俏丽的俊牛,是小眼睛牛。眼睛和铜钱一般大,一张嘴,就将一只烧饼整个吞到嘴里了。

这种小烧饼如今已经成了高级餐厅的名点了,20世纪50年代,天津河北区中山路上还有一家店铺以制作小烧饼闻名。那家店铺的小烧饼真是地道,花样更是繁多,有甜的,有酸的,有素馅的,还有肉馅的。那时候我在河北一家工厂劳动,每天下班,一定买一包烧饼带回家中和家人分享,价钱也不贵,一角钱可以买四只,赶到有点儿"外快",发个夜班费呀什么的,可以买一大包,那也是天伦之乐了。

现在天津烧饼的品种已经不太多了,可能没有太多的利润,谁也不赚那个辛苦钱。有时候我突发奇想,如果有人将花色齐全的小烧饼作为一种特色产品，再在包装上下些功夫，说不定就能打出一个品牌来呢。

（2002 年 10 月 5 日）

编后记

一个城市的报纸副刊，某种程度上反映着这个城市的文化风貌。《今晚报》根植于天津人的生活，"今晚副刊"更是致力天津地方文化的挖掘、整理和传播，多年来不仅推出过众多专栏，还创办有每周两期的"津味"专版，并出版有40多部关于天津地方文化的书籍，将天津的城市风貌、风土民情和天津人的脾气秉性，活生生地记录在文字中。

林希先生是中国当代著名诗人、小说家，他创作的

《蛐蛐四爷》《天津闲人》《相士无非子》等津味小说，均被改编成电影或者话剧。大作家肯放下身段，给晚报读者写消闲的小文章，本来就是读者的幸事。而更令人感佩的是，这样的写作一直坚持了30多年！细细算来，经过几代编辑的辛勤努力，从1985年4月24日林希先生发表第一篇随笔《男子蓄髯是非说》开始，至今已经在"今晚副刊"发表数十万字的文章。

　　副刊的编辑和作者是靠文字来交流的。我作为晚生后辈，有幸编辑了林希先生的专栏《犄角旮旯天津卫》和许多生活随笔，因此，成为这些作品的第一个读者。吾生也晚，没经历过林希先生笔下的旧天津，但林希先生笔下的老城厢和各色吃食，却有不少是我所熟悉的。作为土生土长的天津人，老天津的味道就在老城厢胡同里卖白菜小贩的吆喝中，就在小时候稀松平常现在却很难见到的芭兰花中，它们有着那个时代才有的面貌、声音和味道。这些感觉，曾经在过去的时空中，一点一滴地弥散在人们的心灵深处，又被飞速变化的时代封存到记忆之中，可是当林希先生笔下那老味道飘过来的那一刻，这些感觉瞬间被激活，思绪一下子被贯通……斗转星移的时光仿佛都凝缩在这些文字里面。

　　为林希先生编辑完成这本书的时候，我的内心丰盈而充实。也许只有回望天津这个我出生和生活的地方，才能看清祖辈来时走过的道路，亦即我们自己的起点。林希先生笔下的旧天津多姿多彩，也只有把这些文字整理成书，才能更加彰显其中难以言传的厚重，我想这也就是副刊所要传达的心领神会吧。

　　本着"愿为读者灯下客"的初心，我们将林希先生近年有关天津的专栏文字整理出版，纳入李辉先生策划的"副刊文丛"，这至少是天津读者的一种幸运！

陈颖

丙申腊月

精品栏目荟萃

《副刊面面观》

《心香一瓣》

《纽约客闲话精选集 一》

《多味斋》

《文艺地图之一城风月向来人》

《书评面面观》

《上海的时光容器》

《谈艺录》

《问学录》

《名人之后》

《纽约客闲话精选集 二》

《编辑丛谈》

《本命年笔谈》

《国宝华光》

《半日闲谭》

《云泥鸿爪一枝痕》

个人作品精选

《踏歌行》

《家园与乡愁》

《我画文人肖像》

《茶事一年间》

《好在共一城风雨》

《从第一槌开始》

《碰上的缘分》

《抓在手里的阳光》

《阿Q正传》

《风吹书香》

《书犹如此》

《泥手赠来》

《住在凉山上》

《老解观象》

《犄角旮旯天津卫》

《歌剧幕后的故事》

《色香味居梦影录》

《走读生》

《回家》

《武艺十八般》

《一味斋书话》

《收藏是一种记忆》